KB040931

세한 소나무

정채봉전집중단편3

세한 소나무

정채봉 글 • 김동성 그림

샘터

자네가 부럽네.
누구 하나 벗해 주지 않아도,
찾아 주지 않아도 홀로 넉넉하지.
그러나 인간 마음은 항상 같지 않으이.
때로는 가없는 바다이다가도
순식간에 자네의 솔가지 하나 끼울 틈도 없는
좁은 것이 되고 말기도 하거든.

「세한 소나무」 중에서

차례

세
한
소
나
무

일러두기

• 『세한 소나무』는 1993년 12월 샘터사에서 『돌 구름 솔 바람』이라는 제목으로 초판이 발간되었으며, 이 도서를 개정·증보하여 2009년 5월 15일 '샘터 정채봉 전집'으로 새롭게 펴내게 되었음을 밝힙니다.

• 『돌 구름 솔 바람』에 수록되지 않았던 작품은 작품 끝에 각각의 출처를 밝혔 습니다.

천년 향

외할머니는 간혹 경주 삼화령 고개 위의 애기 돌부처님 이야기를 하곤 했다.

"우리 고향은 삼화령 고개 아랫마을이었기 때문에 어디를 가려면 꼭꼭 삼화령 고개를 넘어 다녀야 했지. 그런데 그 고개 위에는 어른 부처님 한 분하고 애기 부처님 두 분이 있어서 고개를 넘어 다니는 사람들은 누구나 예를 드리곤 했단다. 특히나 애기 부처님은 돌부처님인데도 볼도 통통하고 배시시 웃고 있는 모습이 어찌나 귀여운지 그냥 지나치는 사람이 없었지. '아이고, 저 손등 좀 봐라. 얼마나 앙증스럽노.' 하며 손등을 만지기도 하고, '발등은 또 어떻노.' 하며 발등을 만지기도 하고. 그런데 어느 해 여름 소나기가 퍼붓던 날이었단다. 경주 장에 갔다 오다 말고 고갯마루에서 소나기를 만난 나는 부처각으로 피해 가서 비 그치기를 기다리고 있었지. 한데 어디서 어린애들 말하는 소리가 도란도란 들리는 것이야. '코 아프지?' '응.' '참 별사람들도 다 있다, 그렇지?' '응.' 나는 주변을 둘러보았어. 그러나 사람이라고는 나 혼자밖에 아무도 없었지. 나는 낮도깨비들이라도 나타났나 싶어서 그곳을 후닥닥 도망 나왔었다.

그런데 며칠 후 마을에 소문이 쫙 퍼졌어. 삼화령 고개 위의 두 애기 부처님의 코를 누군가가 베어 갔다는 것이야. 아마도 아들 낳기를 바라는 여인의 소행일 것이라고들 했지. 나는 소나기 온 날 들은 말도 있고 해서 헐레벌떡 삼화령 고개 위로 올라가 보았더니 아, 우리 애기 부처님 코가 뭉개져 있지 뭐야. 그런데도 우리 애기 부처님은 배시시 웃는 웃음을 거두어들이지 않고 있어서 눈물이 쿡 솟았지……."

외할머니는 한참 쉬었다가 말했다.

"애야, 그때 우리 애기 부처님이 지금 어디 계신지 좀 알아 다오. 난 죽기 전에 한 번만 봤으면 소원이 없겠다."

나는 넌지시 물었다.

"삼화령 고갯마루에 계셨다면서요? 지금은 거기에 안 계시나요?"

"안 계셔. 시집 오고 나서 나중에 가보니 부처각도 부처님도 없더구나. 어른 부처님이 가운데 앉아 계시고 애기 부처님이 양쪽에 서 계셨었는데……."

나는 한번 알아보겠다고 대답하고서 외할머니 앞을 빠져 나왔다. 그리고 해가 지났다.

대학 3학년이 되어 향가 강독을 듣는데, 첫 시간에 양주동 교수님이 이런 강의를 했다.

"큰어머니 떡도 크고 맛이 좋아야 사 먹는다는 말이 있어요. 우리 고대 향가 14수 가운데는 별것 아닌 것도 있고 기가 막힌 작품도 있지요. 그중에서 나는 찬기파랑가를 최고의 수작으로 쳐요. 이 향가는 충담 스님의 작품으로 충담 스님에 대해서는 삼국유사 두 번째 권에 이렇게 나와 있어요. 3월 3일에 왕이 귀정문 누상에 올라 길 가는 귀한 스님을 찾아오라고 신하들에게 일렀는데 충담 스님을 모셔 오지요. 왕이 충담 스님더러 어디 갔다 오느냐고 묻자 대답하기를, 자기는 해마다 3월 3일과 9월 9일에 차를 끓여 남산 삼화령에 있는 미륵 세존께 드리는데 지금 바로 그 다례를 지내고 돌아오는 길이라고 하지……."

여기까지 듣고 있던 나는 정신이 번쩍 들었다. 삼화령의 미륵 세존. 그 부처님은 외할머니가 어렸을 때 보았다는 부처님일지도 모른다는 생각이 들었기 때문이었다.

나는 곧바로 불교 미술사가 황수영 교수님을 찾아가서 삼국유사 두 번째 권에 나오는 삼화령의 미륵 세존 불상이 지금 어디에 있느냐고 물어보았다. 그러자 황수영 교수님은 "아, 애기 부처님." 하고선 "해외 한국예술 5천년 전에 나갔다가 지금은 경주 박물관에 돌아와 있을걸." 하고 간단히 대답해 주었다.

그해 가을, 나는 팔순의 외할머니를 모시고 경주 박물

관을 찾아갔다. 박물관의 출구 쪽에 있는 불상실에 들어서자 외할머니는 단번에 "아이고, 부처님 여기 계셨구먼요." 하면서 애기 부처님 앞으로 가 두 손을 모으고 넙죽절을 했다. 나는 외할머니의 눈에 그렁그렁 고이는 눈물을 보았다. 외할머니의 억센 경상도 사투리가 다시 살아났다.

"부처님도, 내 팔자와 우애 이리 똑같노? 지도 아파트에 갇혀 지냅니데이. 우리 남산 삼화령 고개에 살았던 때가 좋았지예. 흰구름 흘러다니고, 온갖 새 소리 들리고, 바람 지내댕기고, 노을 뜨고, 달빛 들고……."

외할머니는 들어가선 안 된다고 금 그어 놓은 안쪽으로 주춤주춤 들어가서 아이들이 하도 만져서 손때가 까맣게 전 애기 부처님의 발등을 당신 역시도 쓰다듬고 있었다.

나는 벽에 기대어 서서 충담 선사의 찬기파랑가를 조용히 읊어 보았다.

열치매 나타난 달이
흰구름을 좇아 떠나는 것이 아닌가.

새파란 내에 기랑의 모습이 있어라.

이로 냇가 조약돌 위에

낭이 지니시던 마음의 끝을 좇고저.

아아, 잣 가지 높아 서리를 모를 화랑이여.

나는 불상실에 자욱이 차향이 번져 드는 것을 느꼈다.

외할머니 또한 좌우를 둘러보시며 말했다.

"아이고, 무슨 향이 이리 좋노?"

애기 돌부처님은 여전히 배시시 웃고 있었다.

천년을 웃고 있었으나 조금도 줄어들지 않은, 천년을

더 웃고 있을 넉넉한 미소였다.

저녁 종소리

그분은 양말을 깁고 있었다.

전구를 양말 속에 넣어서 볼록 나오게 한 다음에 뒤꿈치를 바늘로 뜨고 있는데 전화벨이 울렸다.

그분이 송수화기를 들자 푸른 강물에 조약돌 떨어지는 소리 같은 맑은 아이 목소리가 흘러나왔다.

"엄마야?"

그분은 웃음을 참고 대답하였다.

"전화를 잘못 건 모양이구나."

"죄송합니다."

그분이 송수화기를 놓고 다시 양말과 바늘을 집어 들었는데 전화벨이 또 울렸다. 송수화기를 들자 조금 전의 그 목소리였다.

"엄마야?"

"아니라는데 그러는구나."

"아닌데……. 엄마가 거기에 꼭 계시다고 했어요."

"너희 엄마가 누구신데?"

"울 엄마는……."

말을 이을 것 같더니 전화가 끊어졌다. 그런데 다시 전화벨이 울렸다. 이번에는 그분 편에서 아무런 대꾸도 하지 않았다. 송수화기를 들고서 저쪽의 말만 들었다.

"엄마야? 엄마, 우리가 이사 가서 살고 있는 집이 어디인 줄 알아요? 작은 골목길을 사이에 두고 값싼 간이 집들이 꼬불꼬불 줄지어 있는 달동네예요."

그분이 말을 하려는데 열어 둔 창으로 노래가 한 소절 넘어 들어와 송수화기로 흘러간 모양이었다.

저쪽 아이가 말하였다.

"그 노래는 엄마도 좋아하는 노래지요? 나도 좋아해요.

아빠도 좋아하고요. 참, 아빠는 지금도 누워 계세요. 벌써 3년째네요. 저는 며칠 전 오래 된 엄마의 가계부에서 엄마가 쓴 짧은 글을 읽었어요. 엄마는 병원에 가서 수술을 받고 돌아오지 못하면 어쩌나 하고 걱정하셨더군요. 욕실로 달려가 세탁기를 돌려 놓고 선 채로 울다가 저한테 들켰다고도 했어요. 저는 기억에 없는데. 저는 엄마의 하얗게 깎은, 계란 같던 머리만이 생각나요. 병원이었겠지요. 엄마는 나를 꼭 껴안아 주셨어요. 아, 엄마의 옷에서 나던 소독약 냄새가 지금 막 생각났어요. 그날 나는 집으로 돌아와 벙어리 저금통을 깨뜨려서 엄마의 가발을 준비했어요. 그러나 엄마는 끝내 집으로 돌아오지 않으셨지요."

그분은 점점 아이의 이야기 속으로 끌려들어가고 있었다.

아이의 말이 잠시 중단되어 있는데 창 너머에서 이번에는 소쩍새 소리가 들려 왔다. 아이의 말이 다시 시작되었다.

"엄마가 가 있는 동네에도 소쩍새가 사나 보죠. 소쩍새

울음소리를 들으면 슬퍼져요. 참, 엄마의 짧은 글 중에는 이런 대목도 있었어요. 사람들은 불행을 알면 행복도 알게 된다고. 하지만 나는 불행도 행복도 정지시키고 이대로만 있게 해달라고 빌었다고요. 이대로 살아 있음 자체도 그렇게 소중할 수가 없다고 하였어요. 엄마, 그러나 아빠는 간혹 죽어 버리고 싶다고 말씀하세요. 왜 그런 생각을 하느냐고 물을라치면 나한테 짐 지우는 것이 괴로워서 그런다고 대답해요. 아빠는 엄마가 떠나신 지 1년도 채 안 되어서 사고를 당하셨어요. 술에 취해 집으로 돌아오시다가 차에 치인 거예요. 차는 그대로 도망가고 말았어요. 아빠의 병원비 때문에 집까지 다 팔았지만 척추를 다치신 아빠는 누운 채 퇴원을 하셔야 했어요. 할 수 없이 달동네로 이사를 했지요. 그리고 내가 나서서 돈을 벌어야 했어요. 매달 마련해야 할 방세도, 아버지의 약값도, 생활비도 있어야 하니까요."

그분은 손수건을 꺼내서 눈 밑을 눌렀다.

저쪽 아이의 말은 다시 계속되었다.

"저는 날마다 머리맡에 놓아 둔 사발시계가 시끄럽게 새벽 네 시를 알리면 졸린 눈을 뜨고 일어나요. 주섬주섬 옷을 입고 집을 나서면 거리에는 아무도 없어요. 노란 가로등 불빛만이 야윈 호박꽃처럼 시들고 있어요. 한참 걸어가면 옹기점이 있는 골목에서 청소부 아저씨가 나와요. 연탄 가게가 있는 골목에서는 우유 배달 아주머니가 나오고요. 이분들은 때로 내가 거꾸로 입고 나온 옷도 바로 입혀 주시곤 해요. 버스 정류장 옆에 있는 신문 보급소에서 신문을 받아 들고 나오면서부터 저의 발걸음은 빨라져요. 점점 날이 밝아지고, 거리에 사람들과 차들이 많아지면 저는 아예 뛰어야 해요. 학교를 가야 하니까요. 신문을 모두 배달하고 집에 오면 아빠가 기다리고 계셔요. 우선 고무 호스로 소변을 보게 하고 세수를 시켜 드려요. 그러고는 전날 저녁에 해 놓은 밥을 퍼서 아버지와 함께 먹고 학교에 가요."

그분은 창틀의 커튼 자락이 흔들리는 것을 보았다. 바다에 밀물이 들고 있는지 바람에 소소히 파도 소리가 묻어 왔다.

"저한테 가장 아늑한 때가 언제인지 아세요? 일요일 성당 미사 시간이어요. 성모님이 안아 주시고 있다고 생각되어서인지 세상 편해요. 그래서 그런지 마구 졸음이 와요. 어떤 날은 코를 골고 졸기도 해서 다른 아이들로부터 코골이라는 별명을 얻기도 했어요. 그러나 코골이라고 놀려도 좋아요. 예수님도 계시고, 성모님도 계시고, 신부님도 계시고, 수녀님도 계시는데 그런 놀림 받는다고 내 쉬는 것이 줄어드는가요, 뭐. 그런데 어떤 아이들은 나더러 바보라고 하기도 해요. 선생님이 꾸중을 하고, 개구쟁이들이 놀려 대도 히히 바보처럼 웃기만 해서 그런가 봐요. 정말 나는 속이 없나 봐요. 누가 뭐래도 매듭이 생기지 않는걸요. 모두가 좋기만 해요. 지금 내리고 있는 햇빛도 좋고, 지나가는 구름도 좋고, 바람도 좋아요. 저기 저 달구지를 끌고 가며 누는 황소의 똥도 좋아요."

그분은 손바닥으로 송수화기를 막고 콜록콜록 기침을 하였다.

아이가 물었다.

"엄마, 기침을 참고 계신가요?"

그분은 고개를 저었다. 그러다가 문득 혼자 웃었다. 저쪽에서는 볼 수 없을 것이라는 생각이 들었던 것이다.

아이가 돌돌돌 말을 이었다.

"엄마, 행복한 생각을 해보아요. 그러면 기침이 가라앉을거예요. 엄마가 가계부 일기에 그렇게 써 놓았잖아요. 좁은 쪽마루 위에 무청이랑 토란대랑 고구마대랑 그리고 또 표고버섯이랑 꾀꼬리버섯이랑을 다듬어 널어 놓고 보니 부자가 된 기분이 들어 기침이 멎는다구요. 저한테 있어 행복한 시간은 아빠와 함께 저녁밥을 먹을 때예요. 비록 콩나물국과 단무지 한 가지를 밥상 위에 올려놓고 먹을지언정 맛있어요. 아빠한테 그날 하루 밖에서 있었던 일을 도란도란 들려 드리면서 먹는 저녁밥 시간은 그렇게 행복할 수가 없어요. 저는 언제나 저녁 밥상을 차려 놓고 이렇게 기도해요. '하느님, 저에게 이만큼의 행복을 오늘도 있게 해주셔서 감사합니다. 이 은혜 꼭 잊지 않겠습니다.' 하고요. 엄마, 이만큼의 행복은 이래요. 아빠의 밥숟가락 위에 단무지를 올려놓을 수 있는 행복, 설거지를 하면서 노래 부를 수 있는 행복, 물을 데워서 머리를 감을 수 있는 행복, 그리고 반신불수지만 살아 계신 아빠 곁에 나의 잠자리를 펼 수 있는 행복, 또 잠자다 보면 아버지는 성한 팔로 나의 팔베개가 되어 주시곤 하지요. 그것도 행복이 아니고 무엇이어요? 이만큼, 양팔을 벌려도 벌려도 넘쳐나는 행복이지요."

아이가 숨이 찬지 말을 쉬었다.

사위가 그렇게 고요할 수가 없었다.

유리창에서 되비친 저녁 햇살이 그분이 붙들고 있는 송수화기를 반쯤 익어 가고 있는 고추처럼 발그레 물들이고 있었다.

아이의 말이 다시 이어졌다.

"지난 달부터는 아빠한테도 일감을 얻어다 드리고 있어요. 그동안 아빠는 일이 없어 혼자 누워 계시다 보니 생각이 만들어 낸 귀신들한테 휩싸여 지내신 것 같았어요. 어떤 날은 혼자서 머리를 쥐어뜯기도 하고 어떤 날은 까닭 없이 화를 내시면서 성한 손에 집히는 것은 모두 집어 던지시곤 했어요. 나는 그러는 아빠를 보면 눈물이 나왔지만 입술을 꼭꼭 깨물면서 참아 냈지요. 병원 의사 선생님한테 아빠의 이런 행동을 말씀드렸더니 아빠의 신경이 예민해져서 그런다고 일감을 드려 보라 하셨거든요. 마침 제가 신문을 넣는 신발 공장에서 신발 밑창 오리는 일거리를 주셨어요. 그런 일은 아빠가 엎드린 채로도 할 수 있는 것이거든. 아빠는 이내 그 일에 빠져서 신경질을 내지 않게 되었어요. 얼마 전에는 아빠가 그 일을 해서 번 돈으로 고물상에 가서 중고 휠체어를 하나 샀어요. 이제는 시간이 날 때마다 아빠를 거기에 태우고 가까운 빈터에 나가서 시원한 바람을 쐬어 드려요. 앞으로 돈이 좀 더 모이면 아빠가 나 없이도 혼자 휠체어를 굴려 바깥에 나다닐 수 있도록 문턱을 없애는 공사도 하겠어요."

그분은 송수화기를 두 손으로 감싸 쥐고 무릎을 꿇었다.

"주여, 이 기도를 들어 주소서."

그러자 저쪽의 아이의 목소리가 높아졌다.

"아녜요, 엄마. 우리 하느님을 너무 괴롭히지 말아요. 이 세상에는 언제나 달라고 기도하는 어른들뿐이어요. 위로하려는 분들은 적고요. 저만이라도 하느님께 달라고 하지 않겠다고 마음먹었어요. 정말이어요. 기쁨을 드리고 싶어요. 내가 어려움 속에서 찾은 이만큼의 내 행복이 우리 하느님께 위로가 될 수 있을까요?"

저녁 종소리가 들려 왔다.

종소리는 물 위에 번지는 바람결처럼 은은하게 일렁거렸다.

아이의 목소리가 종소리 너머로 들려 왔다.

"엄마, 그곳에도 지금 저녁 종소리가 울리네요. 나는 엄마가 죽어서 가 계시는 그곳이 어떤 곳인지 몰라요. 저녁놀도 붉게 피는가요? 오늘 여기 내가 있는 곳에는 노을이 참 아름답게 들고 있어요. 이 시간에 엄마를 만날 수 있다면 좋겠어요. 저 노을 속 방죽길을 엄마의 손을 잡고 걷고 싶어요. 엄마, 정말은요, 엄마가 너무 보고 싶어서 혼자 몰래 운 적이 많아요……."

그러고는 송수화기를 통하여 들려 오는 소리는 점점 여려지는 종울림이었다.

그분은 송수화기를 놓고 서편 창가로 다가갔다.

방죽 너머 바다 멀리 빨갛게 펼쳐진 노을 속에는 창살에 어려 있는 그림자처럼 아이 하나가 오롯이 스며들어 있었다.

세한 소나무

그 늙은 소나무는 쓰러져가는 오두막집 옆에서 우두커니 서서 살고 있었다. 햇발이 여문 날에도, 비 오는 날에도, 눈보라가 치는 날에도 구부정한 그 모습 그대로 좋은 척도, 싫은 척도 하지 않았다. 그저 푸른 바다를 향해 가지를 뻗고 한라산을 향해 이파리나 낱낱이 펴 보일 따름이었다.

하늘이 바다 거울인 양 파랗게 깊어 보이는 어느 날이었다. 옆에 사는 젊은 잣나무가 말을 걸었다.

"소나무 아저씨."

"왜."

"아저씨 허리는 왜 그렇게 휘어지셨어요?"

"어렸을 적에 형들 사이에서 자라다 보니 이렇게 되었다."

"아저씨네 형들이 어떻게 하였는데요?"

"어떻게 하긴……. 자기들도 자라려다 보니 햇볕이 더 필요하였고, 나 또한 살아나려다 보니 햇볕을 먹어야 했고……. 그러다 이렇게 허리가 휘어지고 말았지."

"아, 알겠어요. 그러니까 아저씨는 형들 사이에 끼어서 햇볕을 받기가 어려우니까 허리를 구부려 비켜서다 보니 구부정한 소나무가 되고 말았군요."

소나무는 대꾸를 하지 않았다. 불어오는 바닷바람을 체처럼 걸러 보내는 소리만 낼 뿐이었다.

잣나무가 심심한지 다시 말을 걸었다.

"소나무 아저씨."

"왜 또 그러니?"

"물어 보고 싶은 게 하나 더 있어요."

"……."

"아저씨네 형들은 어디 가고 없지요?"

늙은 소나무는 오랜만에 풀썩 웃었다.

"글쎄, 그게 그렇더라구. 그렇게 햇볕 탐을 하면서 무엇
하나 나누어 가지려 하지 않고, 혼자 잘난 멋으로 살던
형들이었는데 그만큼 또 빨리 베어지고 말더라니까."

잣나무가 파르르 떨며 물었다.

"아저씨, 그렇게 베어져 간 아저씨네 형들은 무엇이 되
었죠?"

"글쎄, 동네 사람들이 서까래 감을 찾다가 베어갔으니
아마 누구네 집 서까래가 되어 있겠지."

"아저씨, 서까래가 무엇이지요?"

"아, 사람들이 사는 집의 지붕을 받치는 나무를 서까래
라 하는 거야."

"그렇게 욕심을 부렸다면서 기껏 서까래 감밖에 못 되었
어요?"

"그러기에 넘치면 부족하느니만 못한 거지."

바다로부터 다시 부드러운 바람이 불어왔다. 소나무는
천천히 바닷바람에다 털 것도 없는 잔가지를 털었다. 기

분이 좋은지 이번에는 소나무가 먼저 말을 꺼냈다.

"살면서 교만하지 말어. 교만하면 하늘의 다스림을 받게
돼."

"그런 경험이 있으세요, 아저씨?"

"있다마다."

"들려주세요, 아저씨."

"지금 내 왼쪽 줄기가 꺾여진 것이 보이니?"

"아, 정말 그러네요. 아저씨는 그러니까 순이 부러져버
렸으니 키가 더 자랄 수 없겠네요?"

"그렇지. 내가 너무 교만해서 하늘로부터 받은 벌이지.
옆은 생각하지도 않고 위로만 크려고 했거든……. 그
태풍에 이만해서 놓여난 것만도 감사할 일이지. 그리고
뿌리가 튼튼하였기 망정이지. 만일 뿌리가 약했더라면
통째로 뽑혀지고 말았을 것이야."

"아저씨, 내 뿌리도 튼튼해요."

"지금 너의 그 마음이 교만이다."

무안을 당한 잣나무는 조용해졌다. 소나무도 침묵을 지
켰다. 참새들이 한 떼 날아와서 앉았다가 떠난 뒤 잣나무

가 다시 말을 붙였다.

"아저씨."

"왜?"

"사람들이 와요."

"사람들이?"

소나무는 그제야 보았다.

세 사람이 오두막집으로 들어가서 일하는 것을. 그들은 썩어 내려앉은 초가 지붕을 새로 이고, 무너진 흙벽을 다시 세웠다. 부엌에 솥도 걸고 마당에 잡초도 대강 뽑았다.

"아, 참으로 오랜만에 사람이 살러 오는구나."

소나무는 불어오는 바람을 한껏 가슴에 품었다가는 내놓았다. '우우우우' 하는 소리가 나도록.

그날 밤사이에는 무서리가 내렸다. 아침 해가 떠올라오면서부터 소나무는 서리로 몸을 씻었다. 솔 향이 어느 때보다도 짙게 묻어나는 아침이었다.

잣나무가 갑자기 소리쳤다.

"소나무 아저씨, 누가 와요."

"누가?"

"저기 저 동구 밖 길 좀 보세요."

소나무는 그제야 보았다. 돌담이 가지런히 서 있는 동구 밖 길로 천천히 다가오고 있는 말 탄 사람을.

하얀 도포에 갓을 쓴 노인은 늙은 소나무한테서 눈을 떼지 않은 채로 다가왔다. 마침내 말에서 훌쩍 내린 노인이 소나무를 우러러 보고서 입을 열었다.

"저 먼 동구 밖에까지 솔 향이 마중 나와 있어서 웬일인가 했더니 자네가 보낸 것이었군, 그래. 내 많은 곳을 찾아다녀 보았지만 솔 향 마중을 받아 본 것은 이번이 처음이야. 고마우이."

오두막집으로 들어가려던 노인이 다시 소나무 앞으로 돌아왔다.

"참, 내 소개를 안 했군, 그래. 나는 이곳으로 유배 온 사람일세. 앞으로 나의 유일한 지기는 자네밖에 없어. 잘 부탁하네."

소나무는 노인이 자기를 너무도 높여주는 데에 어쩔 줄 몰라 했다. 바람을 탄 가지를 흔들어 '아뇨. 아뇨. 무슨 말씀을 그렇게 하세요. 전 그냥 허리가 구부정한 덕에

분에 넘치게 오래 산 나무일 뿐이에요' 라고 해보았지만 이미 노인은 집 안으로 들어가고 없었다.

잣나무가 다시 입을 열었다.

"소나무 아저씨, 처음에는 다들 저러지요?"

"글쎄다."

소나무와 잣나무 또한 더욱더 청청하였다. 폭풍우 속에서도 의연하였고 눈보라 속에서도 푸른 기운을 잃지 않았다. 그것은 오두막집의 노인을 보고서 익힌 것이기도 했다.

노인은 두 볼이 야윌 대로 야위어 콧날이 더욱 오똑해 보였으나 하얀 턱수염이 풍성하여 인자스러워 보였다. 그러나 두 눈에는 늘 서릿발이 어린 듯하여 차고 날카로워 보였다. 걸을 때는 또 허리를 곧추 펴고 두 어깨를 보란 듯이 젖히고 가슴을 내밀고 걸었다. 그리고 앉으나 서나 곁눈질을 아예 모르는 것 같았다. 눈을 조용히 내리깔고 책을 읽었으며 글을 쓸 때나, 그림을 그릴 때나 목을 세우고 팔을 있는 대로 뻗어 붓을 움직였다.

하나, 노인은 소나무한테만은 속마음을 열어 보였다.

입 밖으로 소리를 내지는 않았으나 소나무는 알아들을 수 있었다.

"집에 가고 싶네. 평범한 가정사가 그립고 처자식이 그립네. 친구들과 어울리고 싶고, 저잣거리에 나서도 보고 싶네. 이 세상살이에서 가장 고통스러운 것이 외로움이 아닌가 싶네."

"자네가 부럽네. 누구 하나 벗해 주지 않아도, 찾아 주지 않아도 홀로 넉넉하지. 그러나 인간 마음은 항상 같지 않으이. 때로는 가없는 바다이다가도 순식간에 자네의 솔가지 하나 끼울 틈도 없는 좁은 것이 되고 말기도 하거든. 의리 없는 제자들에 대해 야속함이 구름처럼 일기도 하네."

"자네가 나의 스승이기도 하고, 자네가 나의 벗이기도 하네. 자네한테 한겨울 모진 찬바람에도 잃지 않는 푸른 기상을 본받고 있어. 그러니까 자네는 자칫 무너지기 쉬운 내 마음의 의지를 붙들어 매어 주는 지주인 거지."

그런데 소나무는 봄이 왔지만 기운을 차리지 못했다.

그 의연하고 총총하던 잎이 눅눅해져 갔다. 잣나무가 부르는 소리도 아득하게 들렸다.

"소나무 아저씨, 왜 그래요. 정신 차리세요."

"글쎄, 나도 모르겠다. 자꾸만 졸리는구나."

"자면 안돼요. 한번 잠들면 영원히 깨나지 못한다구요. 그러면 끝이에요. 아저씨가 저한테 편한 잠에 빠지는 것은 죽은 것이라고 했잖아요."

소나무는 가물가물해져 갔다. 잣나무가 또 뭐라고 하는데도 알아듣지 못했다. 노인이 나와서 뭐라고 하는 것 같았으나 이 또한 알아듣지 못했다. 소나무는 술 익는 냄새를 느꼈다. 노인이 막걸리를 받아와 있는 대로 소나무 밑에 부으며 깨우고 있었다.

"이보게 청송, 일어나야 하네. 자네의 의연함이 나를 곧추세우고 있어. 그런데 자네가 시들면 내가 어디서 이 푸른 기상을 얻는단 말인가. 이 술을 자, 어서 마시고 숨 한번 길게 내쉬게나."

다행히 소나무 잎에 다시 푸른 기운이 뻗쳤을 때 잣나무도 물론 기뻐하였지만 오두막집의 노인은 버선발로 달려나와 소나무를 끌어안고 말했다.

"청송 나무 관세음보살."

바로 그해 동짓달이었다. 희끗희끗 날리는 눈발 사이로 말을 탄 손님 한 사람이 오두막집 노인을 찾아왔다.

노인이 마루로 나오자 손님은 마당에 꿇어 엎드려 절을 하며 보자기에 싼 것을 내놓았다.

"선생님, 이 이상적을 알아보시겠습니까? 진작 찾아 뵙지 못해 죄송합니다. 세상살이 인심에 쫓겨 그렇게 되었습니다. 용서해 주십시오. 여기 이 책은 제가 나랏일로 중국에 다녀오면서 구해 온 것입니다. 거두어 주시면 감사하겠습니다."

소나무는 노인의 눈에 어리는 눈물을 놓치지 않고 보았다. 그날 밤 노인의 방에는 밤새 호롱불이 켜져 있었다.

소나무와 잣나무는 바다로부터 불어오는 눈바람을 받아서 눈을 잎새로 거르고 바람만 우우 내보냈다.

이튿날은 고요 속에 해가 떴다. 온 세상은 눈으로 하얗게 덮여서 한 이불 속에 든 형제들 같았다. 높은 산도, 낮은 산도, 들도, 담도, 집도, 나무들도. 늦게 깬 닭이 길게

울자 오두막집 문이 열리고 노인과 손님이 밖으로 나왔다.

"이만 돌아가겠습니다."

손님이 절을 하자 노인은 아무 말도 없이 품 속에서 꺼낸 것을 손님한테 주었다.

손님이 노인이 준 것을 펼쳐 든 순간 지켜 보던 소나무는 숨이 넘어갈 것처럼 놀랐다. 바로 그 한지에는 자기인 소나무와 잣나무와 오두막집이 오롯이 들어앉아 있는 것이 아닌가.

드디어 노인이 입을 열었다.

"송백의 기상은 추운 세한을 나봐야 안다."

꿈꾸는 돌

빨랫돌을 아시는지요?

아시는 분이사 별 설명을 다 하려 하네, 하고 웃으시겠지만 사립문조차도 몰라서 물어보는 사람이 있는 세상인지라 소개를 올리겠습니다.

지금은 콘크리트 밑으로 숨어 버렸습니다만 서울의 청계천, 그 청계천 가에까지 즐비했던 돌입니다요. 넓을수록 좋고 약간은 결이 오돌도돌하여야지요. 여기에다 빨랫거리를 올려 두고 주무르기도 하고 문지르기도 하여야 하니까요. 이게 바로 빨랫돌이라는 것입니다.

나도 처음에는 이런 빨랫돌이 아니었습니다. 산자락에 천년 모습으로 조용히 엎드려 있는 지체 높은 바위였다구요. 그런데 벼락이 쳐 떨어져 나오면서 길이 난 것이지요. 빨랫돌로의.

하지만 빨랫돌로서의 한세상도 살 만하더라고요. 대개 아침 나절이 되면 여인들이 빨래를 이고 내가 있는 냇가로 나오곤 하였지요. 그때부터 수선스러워지는 거예요.

할 이야기, 안 할 이야기를 마구 쏟아 놓는 입심 좋은 아낙네가 있는가 하면, 딱딱딱 빨랫방망이를 두들기는 것으로 속을 푸는 분도 있게 마련이지요.

그러나 정작 고통스러운 것은 구정물을 뒤집어쓰는 나였어요. 어디 구정물뿐인가요. 개구쟁이 아이의 옷을 빨 때는 황톳물로 벌겋게 되는가 하면 차라리 소금걸레라고 하여야 할 농부의 등지게를 문지를 때는 숨이 컥컥 막히기도 하지요. 어디 그것뿐입니까. 피에 젖은 옷자락이 주물러질 때도 있었지요. 그럴 때는 가슴이 다 멍멍해지더라니까요.

물론 이런 숨 가쁘게 하는 빨랫감만 있는 것은 아니지

요. 이불 홑청을 문지르는 앳된 손길을 느껴 봐요. 얼마나 감미로운가를. 명주옷을 주무르는 할머니의 손길 또한 은모래가 새어 나갈 때처럼 가물거리고요. 오월이면 아카시아 하얀 꽃잎이 온 냇물을 하얗게 덮을 때도 있습니다요. 그런 날, 기저귀를 헹구는 새댁을 볼 때면 제 가슴에도 하얀 꽃점이 생기는 듯하였지요.

그런데 새끼 물고기들이 많이 깨이는 어느 해 봄이었어요. 빨래하러 나온 아낙네들이 수근거리는 소리를 나는 들었지요.

"우리 숯골에 공장이 들어선다면서요?"

"어머, 그래요. 우리 동네 땅값도 그럼 좀 올라가겠네요."

"땅값뿐이겠어요? 사람 품삯도 올라갈 거예요. 그러면 우리 형편도 많이 나아지겠지요."

"나는 우선 돈이 좀 되면 세탁기부터 하나 사겠소. 눈이 오나 바람이 부나 이 빨래터에 나다니는 것이 이젠 지겨워 죽겠소."

정말 얼마 가지 않아서 저 위 숯골에서 처음 들어 보는 소리가 들렸어요. 그것은 어쩜 숯골의 울음소리였는지도 모르지요. 내가 벼락을 맞았을 때처럼 생것이 찢어질 적에는 그런 처절한 소리가 나기 마련이니까요.

　이내 산모퉁이에 슬쩍 건물 귀퉁이가 걸쳐지더니 볏가리 같은 굴뚝이 우뚝 솟아올랐어요. 그때부터였어요. 흘러오는 물살에 그을음이 끼기 시작한 것은. 나를 찾아오는 동네 여인들의 발길 또한 뜸해져 가기 시작합디다요. 그나마 어쩌다 찾아오는 분들은 이제 곧 세탁기를 사게 된다는 자랑이 고작이었어요.

　어느덧 계절이 바뀌어 갔지요. 푸른 풀빛이 시들고, 북풍이 지나가고 다시 봄이 오고……. 그러나 다시는 돌아오지 않는 빛이 있었어요. 무엇인지 아세요? 물빛이더라고요. 한번 흐려지기 시작한 물의 속살은 그 영롱한 몸태로 영 돌아오지 않는 것이었어요. 내 뒤켠 모서리에 발을 붙이고 살아가던 파란 이끼가 줄기 시작하고 빨래를 할 때면 번져 내리던 땀물을 향해 덤벼들던 송사리들도 사라져 버렸어요. 물론 빨래하러 다니던 여인들의 발길도 끊긴 지 아득하고요.

물길마저 잦아져 버린 지금 이 냇가에서 내가 꾸는 꿈이 무엇인지 아시는가요? 저기 밤하늘 속으로 찰랑찰랑 흘러가는 미리내이어요. 저 시리도록 맑은 미리내가 내 안으로 흘러드는 날, 나를 떠나간 사람들이 다시 찾아오겠지요. 그리하여 빨래가 헹구어질 때 그 옷자락마다에는 별의 정령들이 그 옛날처럼 한아름씩 뒹굴 게 아닌가요. 아아, 나는 그때서야 비로소 한 가닥 흰구름 깃으로 몸을 일으켜 세울 수 있을 것입니다요.

_얼마 전 친구의 그림 전시회장에 작은 아이를 데리고 갔었지요. 그런데 거기에 전시되어 있는 그림 가운데 바로 이 '미리내가 흐르는 돌'이 있었습니다.

위에는 커다란 기계 공장이 있고, 아래 냇물은 이미 말라 있는데 그 냇가의 잡초와 비닐과 폐유 속에 묻혀 있는 빨랫돌을 그린 그림이었습니다.

그날 미리내가 은하수의 본디 우리말인 줄도 아직 모르는 우리 작은 아이에게 이 그림을 설명해 주고자 해서 쓴 글입니다. 마음에 들지 않으신 부분이 있더라도 양해해주시기 바랍니다.

지은이 올림

조용한 아침 매화

땅을 딛고 걸어다니는 이들은 밤이면 잠을 잔다. 사람도 잠을 자고, 짐승들도, 심지어 벌레들도 잠이 든다.

반면, 물고기까지 깊은 잠속에 떨어져 있는 한밤중에 살며시 깨어나는 이들이 있다. 땅에 뿌리를 내리거나 한자리에서 백 년이고 천 년이고 고요히 머물러 있는 이들이다.

나는 간혹 이들의 소리 없는 대화를 알아듣기 위해 밤잠을 설치곤 한다. 깊은 밤에 깨어나 창호 밑에 귀를 모으면 이들의 소리 없는 소리가 낙수처럼 고여 드는 것이다.

얼마 전에 나는 이국의 하늘 밑에서 이 소리 없는 대화를 들은 것이 있다. 그것을 여기에 옮기려고 한다.

그러니까 일본 미야기 현 마쓰시마의 서암사라는 절에 갔을 때였다. 주지 스님의 안내를 받아 걸어가고 있는데 어째 자꾸만 뒤가 돌아 보였다. 누군가가 눈길을 보내고 있는 듯한.

그렇다. 골목길을 나오다가, 또는 재를 넘거나 할 때 뒤가 돌아 보여 돌아보면 눈길을 주고 있는 어머니며 친구를 본 적이 있지 않은가.

내가 그곳에서 뒤돌아본 거기에는 그림 속에서나 보아온, 용의 자태를 닮은 쌍둥이 나무가 있었다. 내가 고개를 갸우뚱거리며 그 아름드리 두 그루 나무를 물끄러미 바라보고 있자 주지 스님이 "저 나무에 관심이 있으시군요." 하며 그쪽으로 발길을 잡아 주었다.

나무 앞에 이른 주지 스님이 설명하였다.

"이쪽은 붉은 꽃을 피우는 매화나무고, 저쪽은 하얀 꽃을 피우는 매화나뭅니다. 우리나라의 천연기념물이기도 한데 사실은 이 두 나무의 고향이 한국입니다."

나는 갑자기 손끝 발끝으로 흐르는 전류를 느꼈다. 나뭇가지에도 같은 느낌이 흐르는지 살짝 끝이 흔들리는 것을 나는 보았다.

"임진전쟁 때 출정했던 우리네 장수 가운데 이곳 출신인 다테 마사무네라는 사람이 있었어요. 1593년, 그러니까 꼭 400년 전이구만요. 그 사람이 조선에서 돌아오면서 이 두 그루 매화나무를 가지고 와 여기에 심은 거지요."

나는 가슴이 '컥' 막히는 것을 느꼈다. '세상에, 이렇게 여기서도 살고 있었군요.'

나는 나무 밑동을 쓰다듬으며 꾸벅 절을 했다. 그러자 나뭇가지들이 갑자기 눈물을 참고 있는 노인처럼 부들부들 떨었다. 그리고 이내 바람 자락이 흐느낌처럼 우리를 휘감고 지나갔다.

그날 밤 나는 경내에 잠자리를 얻었으나 좀체로 잠을 이룰 수 없었다. 풍경도 졸고 석등도 가물가물 졸 무렵이었다. 나는 아득히 들려오는 소리 없는 대화를 들었다.

"자네, 오늘 낮에 그 고국 사람 보니까 어떻던가?"

"갑자기 고향 생각이 치밀어서 좀 울었네."

"나도 마찬가지였네. 늙어 갈수록 고향이 잊혀지기는커녕 새록새록 생각 키우니 이거 원……."

"자네 아직 하얀 옷 좋아하는 사람들 잊지 않고 있나?"

"아, 그럼. 노오란 초가지붕들도 아른대는걸."

"물동이 이고서 흐르는 물을 걷어 내던 하얀 손의 새악시도 생각나는군."

"지금 이맘때면 눈 살짝 덮여 있던 파란 보리밭도 있었지."

"아침저녁으로 밥 짓는 청솔 연기가 소올솔 오르던 마을 정경은 어떻고."

"이 빠진 입으로 호물호물 잘 웃으시던 그 할머니는 옛날 옛날에 돌아가셨겠지?"

"그렇고말고. 그 할머니의 몇 대 손도 벌써 할머니가 되었을걸."

"참, 우리 아이들은 잘 자라고 있는지 몰라."

"잘 자랄 거야. 녀석들, 고향으로 갔으니 얼마나 좋을까."

"자네나 내가 고향 가지 못하는 슬픔에서 꽃을 더 많이 피운다는 것을 사람들이 알까?"

"모를지도 모르지. 사람들은 꽃을 아름다움이라고 생각 하지 슬픔이라고 여기지는 않으니까."

"자, 첫닭이 울 때가 되었네. 이제는 우리가 들어갈 때 네."

얼마 후, 멀리서 닭 우는 소리가 들려 왔다. 그리고 또 얼마 후 법당으로부터 예불 드리는 목탁 소리가 들려 왔 다. 나는 왠지 슬퍼져 잠시 울었던 것 같다. 베갯잇이 축축 히 젖어 있었다.

무슨 소리가 다시 났다. 나는 일어나 바깥으로 나왔다. 주지 스님이 대비로 마당을 쓸고 있었다. 나는 주지 스님 께 물어보았다.

"혹시 저 매화나무들한테 아이들이 있는지요?"

주지 스님이 빙그레 웃으며 대답하였다.

"지난 해에 고향으로 데려가겠다는 분들이 있어 홍매와 백매 서른 가지씩을 접붙여서 보내 드렸지요. 아마 지

금쯤 저희 고국 땅에서 뿌리를 내렸을걸요."

나는 매화나무를 다시 올려다보았다. 꽃망울이 벙글고 있는 매화 가지에 먼 데 안부처럼 눈발이 조용히 내려앉고 있었다.

_이 이야기는 실화이다. 꾸며 낸 것이 있다면 매화나무끼리의 대화 부분이라고 하겠으나 이것조차도 작자의 능력이 못 미쳐 더 잘 형식화해내지 못하지 않았나 하는 아쉬움이 있다. 이 기막힌 '매화나무' 사연은 1991년 9월 28일자 동아일보에 보도되었다.

가위와 바늘

반짇고리 속에서 살고 있는 것들이 있지요. 바늘과 실패와 가위와 골무와 헝겊 등이 바로 그들입니다.

그런데 오늘 낮에 이 집 반짇고리 속에서 작은 다툼이 있었습니다. 그것은 우편물 봉투를 자르려고 밖에 나갔다 온 가위의 제 자랑으로부터 시작되었습니다.

"이봐, 오늘 내가 나가서 무슨 일을 하고 온지 알아?"

곁에 있던 골무가 그 말을 받았지요.

"무슨 일인데?"

"편지 봉투를 자르고 왔단 말이야. 내 잘 드는 날로 싹둑,

봉투의 가장자리를 자르자 저쪽의 사연이 활짝 펴지더
란 말이야."

여기쯤에서 그만두었으면 좋을 것을, 가위가 한 마디
더하였습니다.

"너희들은 뭐니?"

"왜 새삼스럽게 그걸 물어?"

"아니, 주인이 언제 한번 찾아 준 적이 있었느냔 말이
야."

이때 한쪽에서 있던 헝겊이 대꾸를 하였지요.

"자주 불려 나가느냐, 안 나가느냐보다는 나가서 무슨
일을 하느냐가 중요한 것 아니야?"

이 말을 들은 가위가 발끈하였습니다.

"뭐라고? 무슨 일을 하느냐가 중요하다고? 그래, 네 일
은 무엇인데? 그저 옷이나 무엇이 닳아지고 떨어지면
기워 주는 것이 제 몫이 아니냔 말이야. 웃겨 정말. 이
젠 떨어지면 버리는 거야. 아니, 멀쩡한 옷도 유행이
갔다고 해서 버리는 세상이라고. 알았어? 이 답답한
친구야."

가위의 시퍼런 서슬에 헝겊의 기는 흔들거릴 만큼 꺾이고 말았습니다.

"전에 우리 선배들은 조각보가 되기도 했다던데……."

"조각보 좋아하네. 호랑이 담배 피우던 시절 얘기는 그만해. 지금 무엇을 하고 있느냐가 중요한 거야. 우리 형을 봐."

"너희 형이 뭐 하는데?"

"식당에 있지. 고기도 싹둑싹둑 자르고, 냉면도 싹둑싹둑 자르고, 심지어 김치도 싹둑싹둑 자르고 있다. 왜."

듣다 못한 골무가 실패를 가만히 떠밀었습니다. 좀 나서서 시원히 한마디쯤 하여 가위의 입을 다물게 해주었으면 하는 것이지요.

"너희들은 그럼 싹둑싹둑 자르기만 하는 것이 자랑이구나."

가위는 실패를 바라보며 피식 웃었습니다.

"하긴 너는 남을 받쳐 주려고 태어난 팔자지? 아이고 답답하다 답답해. 그렇게 실이나 받쳐 주려고 태어나고서도 불쌍한 팔자인 줄을 모르는 너나 골무나 한심하기는 마찬가지이다."

"골무는 또 어째서? 주인 손에 힘을 보태 주고, 찔릴 것
을 막아 주는 골무야말로 아름다운 삶 아냐?"

"아름다운 삶 좋아하네. 너희가 그렇게 애쓴 흔적이 바
느질한 어디에 나타나 있느냐 말이야? 이 불쌍한 친구
들아."

이때, 이제까지 듣고만 있던 바늘이 더 이상 참을 수 없
었던지 입을 열었습니다.

"우리 세상은 잘났다는 너희들이 나설 곳 안 나설 곳 가
리지 않고 나서는 바람에 이렇게 어질러진 거야."

"뭐라구?"

"여기서도 싹둑, 저기서도 싹둑, 마구 잘라 놓거나 갈라
놓고 다니는 게 너희 아니냐? 차라리 실패나 골무처럼,
그리고 헝겊같이 남을 받쳐 주는 삶이 값진 거지."

"너는 뭔데?"

바늘의 대답은 아주 간단하였지요.

"너희가 갈라 놓거나 잘라 놓은 것을 이어 붙이는 일을
하는 바늘이지."

_내가 이 이야기를 하자 신문사의 논설 위원은 고개를 끄덕이며 이런 말을 하였다.

"그렇습니다. 우리 사회의 지금 문제는 가위들이 너무 설쳐 댄다는 것이에요. 정치인들의 정책도 그렇고 행정가들의 일 처리도 그래요. 천천히 생각해 가며 해야 할 일인데도 함부로 재단하려고만 들거든요. 한번 훼손시켜 놓으면 그것을 이어 붙이는 데는 몇 배의 힘이 더 드는데 말입니다. 이 나라의 땅덩어리가 두 동강 난 것도 그런 가위 원리 아닙니까. 아무튼 우리가 살 만한 세상이 되기 위해서는 가위보다는 바늘과 골무와 실패와 헝겊이 많아야겠는데 가위들만 늘어나고 있으니 걱정스럽습니다. 사실대로 말하자면 우리 언론인들이야말로 봉투 같은 것을 잘라서 속을 보이게 하는 가위의 기능인들이지요. 그런데 날마다 너무도 더러운 봉투만 터뜨려진단 말예요. 간혹 꽃씨가 들어 있는 봉투도 좀 찾아서 터뜨려 주었으면 좋겠는데요."

황금 연못

그가 누구라는 것을 제가 굳이 나서서 밝히고 싶지 않습니다. '그' 라고만 해 놓아도 이 글을 끝까지 읽은 분은 '아! 그 사람을 가리킨 것이었구나' 하고 알게 될 테니까요.

아니, 그가 꼭 그 한 사람으로 지목되지 않았으면 하는 것이 저의 바람입니다. 이제는 너무도 이런 사람이 많아져 버려서 우리 이웃 중에서도 금방금방 나타나고 있으니까요.

사실 돈을 부리는 것이 아니라 돈에 부림을 당하고 있

는 게 오늘의 어른들 아닙니까? 그러니까 우리 자신조차
도 이 동화 속에 나오는 사람이 되고 말 위험에 싸여 있는
것입니다.

자, 그럼 이 사람에 대한 이야기를 시작합니다.

그는 총명하기로 마을에서 소문난 젊은이였습니다. 정
의감 또한 넘쳐서 힘없는 사람을 울리는 녀석들을 곧잘
메어꽂곤 하였습니다.

그는 또 자기만이 아닌 마을을, 더 나아가 민족을 구원
할 포부로 가슴이 부풀어 있었습니다.

그가 공부를 하는 방 뒤꼍에는 작은 연못이 있었습니
다.

그 연못 한편에는 수련이 살고 있었는데 맑은 날에는
대개 파란 하늘이 어느 한 곳 구겨진 데 없이 잘 드리워져
있곤 하였지요.

그는 때로 연못가를 산책하다 말고 남이 생각하지 못한
놀라운 것을 발견한 적도 있었습니다.

그것은 꽃그늘조차도 물속에서는 환히 비쳐진다는 것

입니다. 흰구름이 지날 때도 마찬가지이지요. 햇빛이 가리워져도 흰구름이 머문 자리는 하얀 빛을 잃지 않는 것이었습니다.

그는 문득 사람이 사람을 만나서도 이러리라 생각하였습니다. 사람으로 하여 건너 사람이 지니고 있는 그늘조차도 맑게 할 수 있는 것.

이후부터 그는 연못가에 나와서 날마다 기도하였습니다. '내가 찾아야 할 분을 보여 주소서.' 하고.

연못의 수련이 꽃을 피우는 여름이 왔습니다.

새벽녘에 천둥이 치고 소나기가 한줄기 지나갔습니다. 그러나 아침 하늘이 열리면서는 세상을 한꺼풀 씻어 낸 뒤라서 연못도, 풀들도, 나무들도 더욱 싱싱하였습니다.

무심히 연못가로 걸어 나오던 그는 소스라치게 놀랐습니다.

연못 속에 놀랍게도 얼굴 하나가 드리워져 있었던 것입니다.

처음 그는 산봉우리 그림자를 잘못 본 것이 아닌가 하였습니다. 그러나 눈을 손등으로 문지르고 다시 보아도 사람의 얼굴이 틀림없었습니다.

　머리칼은 어깨가 덮일 정도로 길었고, 광대뼈가 불거지도록 마른 얼굴에 두 눈이 깊었으며 목도 길었습니다. 특히 두 눈동자 부분은 물까지도 파랗게 맑게 하고 있었습니다.

　그는 집 안으로 뛰어들어가 식구들을 데리고 나왔습니다.

　"신비한 일이 일어났어요. 저기 저 연못 속을 봐요. 사람
　얼굴이 드리워져 있잖아요."

　"어디에? 무엇이 사람 얼굴이란 말이냐?"

　"저기 저 연못 속이요. 저 넓은 이마와 깊은 눈을 봐요.
　그리고 광대뼈와 목을 봐요. 굉장히 마른 분이에요."

　"어허, 이상한 일이로구나. 우리 눈에는 아무것도 보이
　지 않는데 네 눈에는 사람의 얼굴이 보이다니, 네가 너
　무 기도를 열심히 하더니 환영을 보는 게로구나."

　식구들은 근심 어린 얼굴로 집 안으로 들어가 버렸습니다.

　그만이 남아서 연못 속의 얼굴을 지켜보았습니다.

연못 속의 얼굴이 한숨을 쉬나 보았습니다. 연못이 금방 안개로 자욱이 덮였습니다. 그러나 이내 눈에서 쏟아져 나온 빛으로 연못은 환히 밝아졌습니다. 저녁 무렵이 되자 어디서 흘러나온 것인지 핏빛 노을이 가득 연못에 번지기도 하였습니다.

그는 그가 기도해 온, 그가 찾아야 할 사람은 바로 이 얼굴이라고 생각하였습니다.

그는 양가죽 위에 이 얼굴을 그려 지니고서 집을 떠났습니다.

그러나 어디 사는 누구인지도 모르는 채 막연한 초상화 하나만을 가지고서 사람을 찾기란 여간 어려운 일이 아니었습니다.

방방곡곡 동네마다 일찍이 예언자들이 일러 준 마을을 찾아다니며 노인들이나 아이들 앞에 양가죽을 펴 보이고 물었습니다.

"혹시 이런 이마에, 광대뼈가 이렇게 불거진 사람을 보신 적이 있으신지요?"

"아이들아, 이런 눈과 이런 길다란 목을 가진 아저씨를 본 적이 없니?"

대개는 고개를 저었지만 더러 비슷한 사람을 보았다고
도 하였습니다.

그러나 그가 막상 찾아가 보면 전혀 자기 집 후원의 연
못 속에 나타나 있는 얼굴하고는 다른 사람들뿐이었습니
다.

그는 차츰 지치기 시작하였습니다.

주머니 속의 돈도 달랑 떨어져서 걸인 생활을 하여야
했습니다.

이렇게 되자 그의 가슴 한편에서 물음표들이 나타났습
니다.

'형의 말이 맞는 거 아냐? 환영을 본 것이라고.'

'그래서 어쩌겠다는 거야? 그를 왜 만나려고 하는 거
야?'

'그를 만나면 무엇을 준대? 원하는 것을 정말 줄 수 있
대?'

굶주리고 남의 처마 밑에서 자는 날이 많아져 갔습니
다.

이번에는 물음표들이 모여서 보다 강렬한 또 하나의 그를 만들어 냈습니다.

'너 정신이 있는 거니? 없는 거니? 왜 이렇게 고생을 시켜? 지금 며칠째야, 물밖에 먹지 않은 것이. 왜 이렇게 고생을 사서 해? 집이 없어? 배운 것이 없어? 나도 너라고. 이젠 더 못 움직이겠어.'

그는 결국 나무 그늘 아래에 쓰러지고 말았습니다.

그가 다시 눈을 떴을 땐 뜻밖에도 여인숙의 따뜻한 아랫목이었습니다. 머리맡에는 먹음직스러운 죽 그릇도 놓여 있었습니다.

그는 문에 스며드는 노오란 햇살을 보고 와락 눈물을 흘렸습니다. 멀리 달아나는 바람 소리에서 평화로움을 느꼈습니다. 알을 낳았는지 '꼬꼬대애 꼬꼬' 하고 우는 닭 울음소리에서 비로소 살아 있음의 맛을 보았습니다.

이때 밖에서 인기척이 났습니다.

"크음."

기침 소리와 함께 문을 열고 들어오는 사람은 각종 표지물들을 주렁주렁 단 옷을 입고 있었습니다.

"이제 정신이 드셨나 보군요. 괜찮소. 그대로 누워 있어
요."

그러나 그는 일어났습니다. 목숨을 건져 준 사람에게
큰절을 하였습니다.

그 사람이 아랫목에 자리를 잡고 앉아서 물었습니다.

"젊은 분이 어찌해서 그런 몰골로 헤매고 있소?"

"구원의 선생님을 만나고자 하여……."

"구원의 선생님이라. 그러니까 이 땅에 영원한 생명을
가져다 줄 의인을 찾아다니고 있었다는 말이구려."

"네, 그렇습니다."

"갸륵한 젊은이로군."

그러나 입 밖에서 나온 말과는 달리 그 사람의 얼굴에
는 싸늘한 웃음이 흐르고 있었지요. 그는 일어나서 떠나
려고 하는 그 사람의 비단 옷자락을 붙들고 사정하였습니
다.

"그냥 가지 마시고 한말씀만 들려주십시오. 은인의 말씀
을 언제까지고 마음에 새겨 두겠습니다."

그 사람이 측은하다는 얼굴빛으로 그를 내려다보며 말

했습니다.

"여보시오, 젊은이. 물론 영혼을 구원해 줄 선생님도 찾
아야지요. 그러나 땅에서의 삶도 소홀히 할 수 없는 것
이에요. 그러려면 돈의 힘을 알아야 하오. 돈이 있으면
못 이룰 게 없는 것이 이 세상의 일이거든."

그 사람은 깊이 생각해 보라는 듯 금화 두 닢을 '쨍그
랑' 소리가 나게 그의 앞에 던져 주고 사라졌습니다.

그는 몸을 회복하여 여인숙에서 나왔습니다.

이제는 고향으로 바로 떠나려고 하는데 지팡이에 몸을
의지한 노파가 다가와 그에게 일러 주었습니다. 여기에서
얼마 멀지 않은 곳에 목수 집이 있는데 그 양가죽의 얼굴
이 그 집 아들과 매우 비슷하다는 것이었습니다.

그는 행여나 해서 목수네 집을 찾아갔습니다.

마침 그 집 아들은 작업장의 대팻밥에 묻혀서 잠이 들
어 있었습니다.

그는 가슴 속에서 양가죽을 꺼내어 그림의 얼굴하고 맞
춰 보았습니다.

'오, 이럴 수가!'

그의 집 뒤꼍 연못 속에 비쳐 든 얼굴은 바로 이 목수네 집 아들임이 틀림없었습니다.

어깨가 덮일 정도로 긴 머리칼, 불거져 있는 광대뼈, 그리고 넓은 이마와 길다란 목하며.

그러나 그는 얼른 믿어지지가 않았습니다. 이런 가난한 집에 살고 있다는 것도, 그리고 이렇게 낮잠이나 자는 젊은이라는 것도 자기가 생각했던 것하고는 영 달랐기 때문입니다.

그는 문득 표시를 해 두고 확인을 해봐야겠다고 마음먹었습니다. 목수 아들의 잠을 깨우지 않고 표시해 둘 거리가 없을까 궁리하다가 주머니 속의 금화를 생각해 냈습니다.

그는 금화를 꺼내어서 목수 아들의 머리맡에 살며시 놓았습니다. 그러고는 서둘러서 고향 집으로 돌아왔습니다.

그는 짐도 부리지 않고 급히 뒤꼍으로 돌아갔습니다. 연못가에 서서 연못 속을 가만히 내려다보는 그의 얼굴에 회심의 미소가 떠올랐습니다.

머리맡에 놓인 금화 빛을 받아서 번쩍번쩍 황금빛이 나

고 있는 연못 속의 얼굴.

그는 두 주먹을 불끈 쥐어 보이며 소리질렀습니다.

"내가 너를 팔아 가지겠다."

그 순간이었습니다. 연못 속의 얼굴이 흔적도 없이 사라져 버린 것은. 무심히 흰구름 한 조각만이 연못에 떠서 물방개를 따라 맴돌고 있었습니다.

흰구름 이야기

파란 길

흰구름이 이야기하였습니다.

　사람들이 하루 중 하늘을 우러를 때는 언제가 가장 많고 언제가 가장 적을까. 물론 가장 많을 때는 한낮이겠지. 해가 쨍 하니 떠 있고 나 같은 구름이 두둥실 잘 보이는 때 우연히, 또는 즐거운 일이 있거나 한탄스러운 일이 생겼을 적에 고개를 젖혀 하늘을 보곤 하지.

　그런데 가장 적은 때는 새벽이야. 옛날에는 샛별을 보고 새벽이 밝았다는 것을 알았다는 사람들이 많았지만 요즘이야 어디 그래? 새벽달이 있는지 없는지 국어 사전을 뒤적이는 아이들이 많은걸.

그러나 전혀 없는 건 아니지. 바닷마을에서나 산마을에서는 지금도 사람들이 잠을 깨면 하늘부터 보는 것이야. 그날 할 일이 날씨와 관계가 아주 깊기 때문이지. 그리고 또 있어. 누구냐고? 수도원에 계시는 분들이야. 밤새워 자신들이 아닌 남을 위해 기도하고 나서면서 하늘을 우러르는 사람들. 그 눈빛은 이슬보다 맑다고 해도 지나친 말은 아닐 거야. 이런 때는 종소리가 적막하게 울리기도 하는데 때맞추어 조용히 학이 날기도 하지, 저 푸른 들녘의 소나무 가지에서. 이 얼마나 조용한 아침의 나라인가 말이야.

그러나 작은 창을 통해 호박꽃 떨기 같은 불빛이 보이면서 도란도란 깨이는 동네가 있어. 그래 도시의 달동네야. 여인네가 나와 부엌에서 밥상을 차리면 세수한 물도 마저 닦지 않고 수건을 목에 건 채 이른 새벽밥을 먹고 나서는 사람이 있지.

누구냐고? 리어카에 비와 삽을 싣고 나서면 알 수 있잖

아. 그래. 도시의 미화원이야. 여름에는 그래도 좀 나은 편이지. 먼동이 일찍 트니까. 그러나 늦가을날에나 한겨울날 보면 정말 보통 고생이 아니지. 쓸어 놓아도 금방 쓴 흔적을 지우는 낙엽들 그리고 눈······.

특히 추위를 많이 타는 미화원을 한 사람 알고 있지. 키도 크고 얼굴도 긴 사람이었는데 남쪽 출신인 모양이야. 걸핏하면 두 손바닥을 입에 대고 호호 불곤 하거든.

그런데 지난 해부터야. 달동네의 이 미화원 집에서는 새벽에 두 사람이 집을 나서곤 했어. 바로 이 미화원의 딸이 아버지와 함께 나서는 것이었는데 아버지가 가는 길하고는 반대편 길을 가는 것이 이상했어.

운동복 차림의 단발머리. 그래 그녀는 달리기 선수인 모양이야. 새벽길에 입김을 하얗게 날리면서 달리기 연습을 하는 것이었거든. 나는 비로소 그녀가 왜 아버지가 청소하는 길로 달리지 않는가를 알 수 있었지. 아버지가 미화원인 것이 그녀한테는 부끄러웠던 거야. 사실 어린 자식으로서는 청소일을 직업으로 가진 아버지를 자랑스럽게 생각할 리 없지.

언젠가 집을 나서면서 아버지와 딸이 나누던 말이 생각나는군.

"넌 왜 그렇게 힘들어하면서도 달리기를 그만두지 못하니?"

"다른 돈 드는 기구가 필요없으니까요, 아빠."

그러자 아버지는 아무 말이 없더군. 마침 라면 봉지 하나가 날고 있었는데 습관적으로 그 사람은 그것을 주우러 쫓아갔어. 딸은 고개를 돌리며 빠르게 아버지를 앞질러 달려갔고.

그런데 지난 여름 어느 날 아침이었지. 그날도 다른 날과 다름없이 길거리를 쓸고 있는 이 미화원 앞에 글쎄 웬일이야. 머리를 짧게 자른 딸이 출렁출렁 다가오지 뭐야.

"오늘은 아빠의 생일이어요. 그러나 저는 아빠의 생일 선물을 아무것도 준비하지 못했어요. 대신 아빠의 일이나 거들어 드려야겠어요. 비를 저한테 주세요."

그러자 미화원이 비를 잡은 손에 힘을 주면서 말하더군.

"아니다, 애야. 내가 너한테서 받고 싶은 선물은 따로 있다."

"그것이 뭔데요, 아빠?"

"네가 돈 들지 않는 운동을 선택했듯이 나도 돈 들지 않
는 너의 선물을 바란다."

"뭐냐니까요, 아빠?"

"그것은 다른 것이 아니다. 이 애비가 깨끗이 쓸어 놓은
이 길로 네가 힘차게 달리는 것을 보는 것이다."

그녀가 고개를 들어 하늘을 우러르더군. 내가 아침의
티 하나 없는 구름으로 부풀었지. 순간 그녀가 달아나는
양 뛰어가기 시작했어. 손등으로 눈 밑을 훔치면서. 미화
원은 다시 힘차게 비질을 시작하였고.

그 다음 날부터였어. 달동네 낮은 집을 나서면서부터
아버지와 딸은 같은 길을 따라왔어. 그리고 아버지가 깨
끗이 쓸어 놓은 길을 딸이 힘차게 달리는 것이었어. 때로
는 둘이서 가로수 밑에 쪼그리고 앉아 우유 마시는 것을
볼 때도 있었지. 어떤 땐 딸이 비를 빼앗아 들고서 저만큼
쓸어 가면 아버지가 겅중겅중 뛰다가 주저앉으며 너털웃
음을 웃는 것을 볼 때도 있었고.

그리고, 그리고 가을이 왔어. 그런데 어느 날 이 거리에 신문사의 깃발이 내걸렸어. 마라톤 경주가 있다는 것이야. 한낮이 되자 경찰들이 차들을 멈추게 했어. 텅 빈 길로 사이렌 차가 지나가고, 그래, 그 미화원이 휴지 한 쪽 없이 깨끗이 쓸어 놓은 도로로 선수들이 달려 들어오기 시작했어.

그런데 내 가슴이 컥 막히는 일이 일어났어. 글쎄 선두에 저만큼 떨어져서 달려오는 선수가 바로 이 거리의 미화원 딸이지 뭐야. 은행 앞 계단에 앉아 있던 미화원이 벌떡 일어났지. 바로 그때였어. 미화원의 딸이 힘주어 달려서 선두를 따라잡은 것은.

거리의 사람들도, 가로수 잎들도 박수를 보내는 환희로운 날이었어.

눈동자 속으로 흐르는 강물, 문학아카데미, 1997년 8월

사진 없는 사진첩

흰구름이 이야기하였습니다.

나는 가난한 연인들을 알고 있지.

찻값을 아끼려고 서점이나 은행을 약속 장소로 택하는 사람들. 군밤 한 봉지를 사서 나눠 먹으면서 마지막 하나를 서로 먹으라고 권하는 사람들. 길가에 떨어진 단풍잎 하나도 소중히 책갈피에 간직하는 사람들. 바닷가에서 주운 조개껍데기 하나씩을 교환하며 값진 보석인 양 안주머니 속 깊숙이 간직하고 다니는 사람들.

만나기로 한 날의 날씨가 구름골이 깊어 있으면 신비해 좋다 하고, 바람 불면 머리칼 맡겨 신나 하고, 비 오면 우산 들어, 햇볕 나면 해 맞아서 즐거운 사람들.

여름에는 겨울을, 가을에는 봄을 그리워하는 사람들과는 달리 봄에는 봄을, 여름에는 여름을, 가을에는 가을을, 그리고 겨울에는 겨울에 대해 좋아하는 아쉬움을 남기지 않는 사람들.

이런 가난한 연인들 가운데서도 그들 둘은 더욱 남달랐지. 도회지에 사는 그들인데도 낮이면 하늘을 우러러 나를 찾았고 밤이면 달과 별을 찾아 눈인사 건네는 것을 잊지 않았지.

언젠가 한번 소나기가 지나간 뒤에 나와 보니 여자가 공중 전화통 앞에 줄지어 선 사람들 틈에 끼어 발을 동동거리고 있는 모습이 눈에 띄었지. '왜 저럴까.' 나는 궁금해서 귀를 세우고 있었어. 그런데 이내 전화 박스 속으로 들어선 여자가 다이얼로 저쪽에 있는 남자를 찾았지.

마침 책상 서랍을 열어서 무엇인가를 뒤지고 있던 남자는 수화기를 들자 "정말?" 하고 눈을 동그랗게 뜨더군. 그러고는 금방 "고마워."를 연발하면서 남쪽으로 나 있는 창가로 달려갔지.

"와!"

남자의 환호가 어찌나 큰지 일하고 있던 사람들이 여기저기서 달려들 왔어.

"뭐야?"

"뭔데 그래?"

그러자 그 남자는 손가락을 하늘 쪽으로 가리키고서 말했지.

"저기 저 무지개를 보세요. 얼마나 오랜만에 보는 아름다움이에요? 우리 여자 친구가 저기에 무지개가 걸려 있다고 전화해 주었다구요."

"원, 싱거운 사람 같으니라구! 그래 무지개가 나타나서 우리한테 밥이 생기는가, 옷이 생기는가?"

사람들은 별 싱거운 녀석도 다 본다며 흩어졌지만 그만은 무지개가 스러질 때까지 창가를 뜨지 않았었지.

길을 가다가 돌 틈에 피어 있는 풀꽃 한 톨에도 발을 멈추는 이들인데 함박눈이 온 것은 큰 사건에 속하지.

마침 토요일 밤중에 눈이 내려 쌓이고 일요일에는 날씨가 개자 이들은 이른 아침부터 야단이야. 배낭을 챙기고, 동생의 점퍼를 사정사정해서 빌리고.

특히 친구로부터 카메라를 간신히 빌려 온 남자는 더욱 신나했지. 필름을 한 통만 사는가 싶더니 또 한 통을 사고.

두 사람은 역전에서 만나 교외선을 타고 인적이 미치지 않는 눈 속으로 빠져 나갔어.

역시 눈은 아이들과 연인들을 위해 내리는 하늘의 특별 보너스야. 하얀 눈천지를 토끼처럼 달리는 아이들, 그리고 노루처럼 눈 위에서 뒹구는 연인들.

그런데 이날의 이 연인들은 사진 찍기에 정신이 없었어. 비록 빌려 온 카메라이지만 눈 세상 속의 자기들을 사진으로 오래오래 받아 두기 위해 열심이었지.

여자를 눈꽃이 핀 나무 아래 세워 두고. 눈 덮인 산봉우리를 배경으로 해서. 다리 난간에 기대어 서게 해서. 돌부처님 뒤에 서게 하고.

고개를 좀더 들어, 아냐 옆으로 해서. 앞으로 한 걸음만

나와. 아냐, 반 걸음 뒤로. 심지어는 나무 밑동을 발로 차서 눈이 쏟아지게 해 놓고서까지 찰칵 했지.

여자 또한 남자를 가만 두지 않았어.

먼 산을 바라봐요. 팔짱을 끼구요. 좋아요, 이번에는 저기 저 능선의 소나무를 바라봐요. 거기 바위 위에 걸터앉아 봐요. 나를 봐요. 어머 그렇게 웃으니까 더스틴 호프만 같아요. 찰칵.

날이 저물 무렵에야 이들은 그곳 산자락을 떠났지. 차에 오르면서 여자가 말했어.

"오늘 사진 참 멋질 거예요. 한 시간만 기다리면 사진이 나오는 현상소도 있다던데 거기로 갈까요?"

"급하기는……, 그런데 필름이 끝날 때도 되었는데 계속 도는 것이 이상하지 않아?"

"글쎄요……, 그리고 보니 이상한데요. 스물네 장짜리 필름이었는데 서른 장면도 더 찍었잖아요."

두 사람은 황급히 차에서 내려 사진 현상소로 향하더군.

카메라를 받아 든 현상소의 주인이 안으로 들어갔다 나

오더니 뒷머리를 만지며 말했어.

"이거 참……. 카메라를 처음 만져 보신 거로군요. 아
쉽겠지만 사진이 한 장도 찍히지 않았군요. 필름이 감
기지를 않았어요."

아이야,

이렇게 하여 너희 엄마 아빠의 사진첩 한 부분이 비게
된 것이란다. 그러나 비었으면 어떠냐.

눈에 보이지 않음으로써 그리고 마음속에 깊이 간직함
으로써 더 오래 살아 움직이는 정경도 있는 것을.

아름다움이란 때로 이렇게 비밀스러운 여분도 지녀야
하는 것이란다.

바람과 풀꽃, 대원사, 1990년 7월

빈 잔

흰구름이 이야기하였습니다.

나는 한 소녀를 알고 있지.

얼굴이 하얗다 못해 물에 잉크 방울을 떨어뜨려 헹군 포플린 천처럼 파란 기운이 늘 어려 있는 소녀.

그녀가 있는 곳은 병원이었는데 어느 날 내가 그 병원의 입원실이 마주보이는 언덕을 무심히 지나다가 보았지, 나를 향해 손짓하는 그 소녀를.

소녀가 말하는 것이었어.

"흰구름아. 나는 국민학교 오학년 때부터 병원과 집을 오고 가며 살고 있어. 벌써 육 년째야. 학교로 말하면 국민학교, 중학교를 졸업하고, 지금은 여고생이 되어 있을 때인데…… 흰구름아. 나는 스무 살까지만이라도 살고 싶어. 무엇을 하고 싶어서가 아니야. 그냥 스무 살 처녀로 이 세상에 섞여 있고 싶은 거야. 그런데 나의 이 소원은 이루어질 것 같지가 않아. 이미 다리가 뻣뻣이 굳어 버렸고 허리가 굳으려는지 엄청나게 아파 오거든."

나는 더 들을 수가 없었지. 지나가는 바람한테 부탁해서 슬슬 밀려 가며 이런 위로를 주었는데 알아들었는지 몰라.

"원 애도, 무슨 말을 하는 거니? 스무 살까지가 아니라 마흔 살, 아니 예순 살까지 살아야지. 처녀도 되어 보고, 아줌마도 되어 보고, 할머니도 되어 보아야 하는 거야. 이 세상에 섞여 있는 것이 아니야. 이 세상을 간직하는 거라구. 풀꽃 한 송이, 노을 한 점, 이슬방울 하나에도 의미가 있거늘 하물며 사람으로 태어난 네게 있어서라."

꽃샘바람이 벚꽃잎을 날려서 골목 안 물웅덩이를 하얗게 덮고 있는 날 오후였지.

나는 창 너머로 소녀의 병실을 들여다보다 말고 깜짝 놀랐지. 소녀의 눈에 눈물이 그렁그렁 넘치고 있었거든.

소녀가 나를 보고 말하는 것이었어.

"셋째 언니가 방금 왔다 갔어. 그 언니는 나의 바로 위이기 때문에 어렸을 때는 많이 많이 싸우며 지낸 사이야. 밤에 자면서 심술이 나면 잠자리를 서로 넓게 가지려고 베개로 담을 만들기도 했고, 밥 먹으면서는 식탁 밑으로 엄마 아빠 몰래 발싸움도 많이 하고 그랬어. 그런데 그 언니가, 셋째 언니가……"

기어코 소녀의 눈에서 눈물이 왈칵 넘쳐났지.

나는 조용히 들먹이고 있는 소녀의 가녀린 어깨를 가만히 내 하얀 구름으로 덮어 주고 싶었어. 그런데 하늘에서 내려갈 수가 있느냐 말이야. 안타깝기만 하였지.

소녀가 비로소 고개를 들고 마저 말했어.

"나 때문에 돈이 없어 대학 첫 학기를 휴학했단다. 그러

고는 분식점으로 백화점으로 나다니며 아르바이트를
해서 등록금을 간신히 마련했는데 그걸 다시 내 약값으
로 놓고 간 것이야."

아아, 그랬었구나. 그랬었구나.

슬픔에 너무 지친 것일까. 소녀는 이내 눈을 감고 잠이
드는 것이었는데 나는 그의 꿈속에라도 내려서 온통 그를
포근히 싸안고 싶었지.

그래, 나는 꿈을 꾸고 싶어. 소녀가 행복한 꿈을 이루어
다른 학생들처럼 떠들며 군것질하며 학교 다니며 노래 부
르는 그 꿈속에 나도 들고 싶어서야. 한동안만이라도, 한
순간만이라도.

그런데 며칠 후였어. 우연히 집들이 빽빽이 들어서 있
는 비탈 동네를 지나는데 이 소녀가 등나무가 꽃을 피운
집의 창가에서 나를 보고 활짝 미소를 짓는 것이었어.

"흰구름아. 오랜만에 집에 왔어. 얼마 만이냐구? 일 년
하고 이렇게 석 달 만이야. 수술을 하고 퇴원을 한 거지.
그동안 내 나름대로 내 마음을 정리했단다. 사람은 꼭
오래 살아야 좋은 것은 아니지. 흰구름아. 오래 살지 못

해도 착하고 곱게 살면 그렇게 서운한 건 아니지? 풀꽃
한 송이처럼, 노을 한 점처럼, 이슬방울 하나처럼."

아니야, 아니야, 하고 내가 천천히 고개를 저어 보였지
만 소녀는 말을 계속하는 것이었어.

"요즘은 하루하루를 감사하며 살고 있어. 살아 있다는
것이 요즘처럼 감사하게 느껴진 적이 없었어. 오늘은
모든 것이 사랑스럽고 곱게 보여. 하다못해 굳어 버린
내 두 다리까지 예뻐 보여. 오늘은 방송국의 아저씨한
테 내 이야기를 엽서에 써서 보냈어. 잠을 자고 싶지 않
다고. 내가 깨어 있을 수 있는 시간이 얼마 남지 않았다
고 생각하니 도저히 잠을 잘 수가 없노라고. 일 분, 일
초의 시간이 아깝다고 말이야."

소녀가 국그릇에 커피를 타는 것을 보았지. 저렇게 많
은 커피를 마시려는 것은 잠들지 않으려는 것이려니 생각
하니, 내 가슴이 사정없이 저며 왔어. 마침 불어 오는 바람
에 밀려 그 집 창가를 떠나면서도 이번에는 위로도 나오
지 않는 것이었어. 너무도 가슴 아리는 정경이었거든.

다음 날 아침에는 좀 더 일찍 그 집 창가로 가보았어. 소

녀는 흐느끼고 있었지. 소녀가 무엇인가를 하얀 종이에 싸는 것을 살펴보던 나는 깜짝 놀라고 말았지. 세상에, 그것은 손톱이 아닌가 말이야. 머리카락이 한 줌씩 빠지고 있는 것은 알았지만 손톱까지도 빠지리라는 것은 상상도 하지 못하고 있던 거야. 소녀는 그것을 일기장 속에 넣어 두면서 나를 알아보고 말하였지.

"내 나이 열일곱 살이 되도록 나한테서 살아 준 것인데 어떻게 휴지통에다 던져 버릴 수 있겠어? 오늘은 내가 가진 것을 내 아는 사람들에게 골고루 나누어 주려고 해. 큰언니한테는 곰인형을 주어야지. 둘째 언니한테는 스케치북을, 셋째 언니한테는 장갑을 줄 거고 막내한테는 얼마 들어 있지 않지만 저금통을 주어야지. 그리고 큰 형부한테는 말린 장미 소쿠리를 보내고 작은 형부한테는 종이학 소쿠리를 보내고 엄마 아빠한테는 내가 지금 걸고 있는 십자 목걸이를 드릴래. 그런데 간혹 내 사연을 받고 노래를 보내 주시는 방송국의 아저씨한테는 무얼 드리지? 맞아. 머리핀을 보낼 테야. 지금은 머리카락이 몇 가닥 안 남아서 쓰지 않고 있지만 옛날의 아름다운 기억이 있는 내 머리핀이니까. 참, 내 정신 좀 봐. 흰구름 너한테는 무얼 주지?"

나는 황망히 고개를 저었지. 무슨 소리를 하는 거야. 나는 그냥 네 따뜻한 마음으로 충분해. 잘 있어. 내일 또 올게. 울지 말고.

그러나 나의 이 약속은 지켜지지가 않았어. 그 이튿날부터 내리 사흘 동안 비가 왔었거든. 나흘째 되는 날, 비가 개어 부랴부랴 달려 그 집 창가에 이른 나는 그만 할 말을 잃었지.

소녀가 있던 방이 텅 비어 있는 것이야. 침대 머리맡의 사이다 병에는 금잔화가 아직 시들지 않고 있는데……. 창틀에 올려져 있는 라디오가 저 혼자 돌돌돌 노래를 내놓고 있었지.

그대 떠나는 날 비가 오는가
하늘도 이별을 우는데 눈물이 흐르지 않네
슬픔은 오늘 이야기 아니오
두고두고 긴 눈물이 내리리니

그대 떠나는 날에 비가 오는가
저물도록 긴 비가 오는가.

동백나무

흰구름이 이야기하였습니다.

나는 팔순을 넘어선 청청한 할아버지 의사 한 분을 알
고 있지.

젊은 날, 의사가 된 이래로 오로지 호주머니에 든 것 하
나 없는 사람들을 위해 천막 병원을 세우고 움집 병원을
열며 살아온 분. 아침부터 밤 늦게까지 목에 건 청진기로
환자들의 작은 신음 소리도 크게 들으며 함께 애통해 온
분. 돈 없어 퇴원을 못하고 있는 노인더러 내빼라며 병원

의 뒷문을 열어 주며 차비를 뒷주머니에 넣어 보낸 분. 병들어 산중에 버려진 걸인을 찾아 내어 씻기고 치료해도 끝내 눈을 뜨지 못하자 엉엉 소리 내어 울어 버린 분.

이분은 지금도 가진 것 하나 없이 바다가 내려다보이는 병원 꼭대기에 방을 들여서 혼자 살고 계시지.

어떤 날 보면 이 할아버지 의사는 먼 바다를 바라보면서 혼자 노래를 부르기도 하는데, 그 노래 가사가 참 서글픈 것이어서 나를 아리게 하곤 했어.

'바위 고개 언덕을 혼자 넘자니

옛님이 그리워 눈물납니다.'

그런데 바다의 파도 소리와 어우러져서 햇볕이 좌악 내리는 어느 날이었어.

사철 푸른 동백분이 하나 있는 이 병원의 옥상에 하얀 머리의 할아버지 의사가 나왔지. 바로 그 뒤에는 머리를 짧게 친 젊은 사람이 따르고 있었고. 사진을 찍는 점퍼 입은 사람도 있는 것으로 보아서 기자가 찾아온 것 같았어.

젊은 사람이 묻더군.

"북에 계신 사모님으로부터 최근 편지가 왔다죠?"

"저 바다 너머에 살고 있는 조카 편으로 받았어요. 내가 서른여덟 살, 아내가 서른일곱 살 때인 전쟁 중에 헤어져 이제 내 나이 여든하나이고 그 사람이 여든이니 꼭 마흔세 해 만이군요."

"그동안 재혼할 수도 있었을 텐데 왜 안 하셨어요?"

그러자 이 할아버지가 빙그레 미소 지으며 하시는 말씀 좀 들어 봐.

"결혼은 일생에 딱 한 번 하는 거예요."

"할머니도 그럼 혼자 살고 계시겠군요."

"물론이지. 내가 한 아이를 데리고 오고 아내와 나머지 다섯 아이는 그쪽에 남았는데 다들 건강히 잘 성장하였다는구먼요. 그 사람 고생은 말로 할 수 없었을 거예요. 내가 그동안 일 원 한 푼 건네 주지를 못했으니까요. 사실이 그렇지 않은가요? 삼팔선으로 막혀 있으니 월급을 보낼 수가 있는가요? 아이들 공책을 사 보낼 수가 있는가요?"

젊은 기자가 검은 눈을 껌벅이며 말하더군.

"선생님은 그동안 설움 많은 우리 이웃들의 눈물을 닦아 준 손이셨어요. 돈 없는 환자들을 돌보아 주고 죽어 가는 걸인들을 그냥 버려 두지 않으셨고……."

할아버지 의사가 손을 내저었지.

"내가 잘하고자 한 일이 아닙니다. 하느님의 뜻대로 산 것뿐이에요. 굳이 내 마음이 있었다면, 제가 없는 북의 우리 가족도 불쌍한 이웃이 아니겠어요? 그래서 내가 내 곁의 불쌍한 사람을 돕는다면 북에 있는 우리 식구들도 누군가가 도와주지 않을까 하는 바람이 있었는데 그것이 맞은 걸로 보여서 정말 기쁩니다."

고개를 숙이고 있던 젊은 기자가 천천히 눈을 들며 물었어.

"남쪽의 선생님이 이렇게 홀로 살아오신 것을 북쪽의 사모님도 알고 계시지요?"

할아버지 의사가 고개를 끄덕이었지.

젊은 기자가 동백분을 바라보며 말했어.

"어떻게 이리도 오래 기다릴 수 있지요?"

"참이니까요. 참사랑은 헤어져 있어도 변치 않는 것이거든요. 또한 우리가 죽어 흙으로 돌아가더라도 사라지지 않고 영원할 것이에요."

젊은 기자의 눈이 아득히 하늘을 우러러 나를 보더군. 나는 산봉우리처럼 뭉게뭉게 부풀어 보이며 말해 주고 싶었어. '보게 이런 분도 있잖은가.' 하고 말이야.

할아버지 의사 또한 나한테로 눈을 주며 말했지.

"아내의 손때 묻은 편지를 받아 들고는 혼자 실컷 울었지요. 그랬더니 속이 좀 시원했어요."

"선생님께서도 편지를 보내셨습니까?"

할아버지 의사가 저 아래 바다 쪽으로 고개를 돌리며 끄덕였지. 바다에는 통통배 한 척이 물살을 가르며 선창을 향해 돌아오고 있었어.

젊은 기자가 노트를 덮으며 말하더군.

"아마 사모님도 선생님의 편지를 받으시면 이불을 뒤집어쓰시고서 실컷 우실 것입니다."

"이제 그만 나도 가봐야겠소. 먼 데서 온 환자들이 나를 기다리고 있거든요."

아아, 나도 그곳을 떠나 어서 흘러가고 싶은 데가 생각
났어. 이 할아버지 의사의 부인이 살고 있다는 강계 하늘.
그곳에 가서 할머니를 위로하고 싶은 거야.

할아버지는 남녘 항구에서 겨울 타는 이웃의 동백 의사
가 되어 있더라고 말이야. 한겨울 눈보라 속에서도 당신
을 향한 빠알간 꽃을 고이 피우고 있더라고 말이야.

어떤 꽃다발

흰구름이 이야기하였습니다.

　그리운 사람들끼리 만나는 것을 보는 일처럼 즐거운 것
은 없어. 떨어져 지내는 아들 딸이 오는 것을 기다리다 버
선발로 달려나오는 어머니며, 헤어져 있던 연인들이 양쪽
에서 팔을 한껏 벌리고 달려드는 정경하며. 그런 것을 아
득히 내려다볼 때면 내 가슴까지도 환희에 젖지.

　그날 저녁 무렵 나는 도시의 변두리 우체국 앞에서 목
을 빼고 기다리고 있는 한 남자를 보았지. '누구를 기다리

는 것일까?' 나는 가만히 지켜보고 있었어.

시계탑의 시계를 올려다보고, 자신의 손목시계를 내려다보고 하던 그가 지하도에서 불쑥 고개를 내밀고 나오는 사람을 향해 힘차게 손을 내저었지.

"야, 이게 누구야?"

"학교 졸업한 지 딱 십 년 만이구나."

둘은 지나가는 사람들이 쳐다보건 말건 떠들었어.

"어디 갈까? 우리 한잔 해야지."

"비싼 데 갈 거 있나. 우리가 자취했던 저 골목 앞에 가 보자."

"많이 변했어. 저기는 제재소가 있던 자리였는데 아파트가 들어서 있군."

"맞아. 저기 주유소 자리는 화원이 있던 곳이었는데 저렇게 변했어."

"멀리 갈 거 없이 저기 포장마차 어때?"

"좋지. 우리 졸업하고 할 것 없으면 포장마차 하자고 했지. 최소한 우리가 먹는 술값은 남을 것이라고……."

둘은 포장마차에 앉아서도 마냥 떠들고 있더군. 안주값

아끼려고 밖에서 땅콩을 사 가지고 생맥주집에 드나들었던 일이며, 누구가 교통사고로 갑자기 죽었다고 슬퍼하기도 하였으며, 어떤 여학생 뒤를 누가 쫓아다녔던가를 새삼스럽게 캐어 보기도 하면서.

나는 하늘에 별이 총총총 나올 때쯤 바람에 실려서 강건너로 갔다가 밤이 깊어서야 다시 올 수 있었지. 그런데 이 젊은이들 보라구. 그때까지 포장마차 그 자리에 앉아서 술을 마시고 있지 뭐야. 넓은 얼굴만큼 마음도 넓어 보이는 포장마차 주인이 사정하고 있었어.

"이젠 돌아가셔야죠. 전철도 이미 끊어졌습니다."

"걱정 마십시오 아주머니. 우리는 올빼미파거든요."

"올빼미파라뇨?"

"아, 우리는 학교 다닐 때 신문 배달을 하다가 야경꾼 아르바이트까지 했거든요."

"바로 이 동네에서요. 저기 담뱃가게 골목 보이죠? 그 골목 안 세 번째 집 간이 이층방에서 우리가 자취를 했어요."

"고생이 많으셨겠어요."

"아니, 아닙니다. 지금 생각해 보니 호강이었어요. 춥다

고 털장갑 떠 준 할머니도 있었구요…….”

“우유를 꼭꼭 우편함 속에 넣어 주시던 집도 있었어.”

“열차 식당집 아줌마 생각나니? 오뎅 국물에 막걸리 한
사발씩 퍼주시던…….”

“맞아, 그 아줌마네 둘째 딸이 널 좋아했었지…….”

포장마차 주인이 다시 사정하였어.

“이젠 일을 마쳐야겠어요. 막내가 도서실에 가 있는데
데리고 집에 가야 할 시간이에요.”

“아, 그래요. 그러면 일어나야죠. 아주머니, 여기 얼마
죠?”

둘은 비틀거리며 일어났지. 그런데 이 사람들 좀 봐. 야
경 돌던 옛 생각이 났는지 마냥 걷기만 하는 거야. 어깨동
무를 하였기 때문에 한 사람이 털썩 주저앉으면 다른 쪽
도 무너지고. 그렇게 가다가 새벽장이 서고 있는 남대문
시장에 이르더군 그래.

안경 쓴 젊은이가 말하였어.

“우리도 장보자.”

“무슨 장?”

"꽃 시장에 가서 꽃을 사는 거야."

"무엇 하러 꽃을 사."

"나한테 생각이 있으니 따라와 봐."

안경 쓴 젊은이가 그의 친구를 끌고 꽃 가게들이 몰려 있는 건물 속으로 사라졌지.

나는 이들을 좀 더 지켜보고 싶었지만 새벽 찬바람이 일어나 등을 미는 통에 자리를 뜰 수밖에 없었어.

그런데 이른 아침에 이 도시의 변두리에 다시 나왔더니 그 골목 안 사람들이 수군거리고 있지 뭐야.

"댁에도 마당에 꽃다발이 있던가요?"

"그래요. 아주 아름다운 꽃다발이 대문 안에 던져져 있 지 뭐예요."

"우리 집에도요. 아침 일찍 학교를 가려고 나서던 딸애 가 환호성을 지르지 뭐예요. 꽃다발이 있다고."

"살다 보니 별일을 다 보는군요. 그런데 이 꽃다발을 누 가 집집마다 던져 놓았을까요?"

나는 가슴이 두둥실 부풀어오름을 느꼈어. 아침 햇살이 찬란히 번져 가는 하늘 밑이었지.

주먹밥 한 덩어리

흰구름이 이야기하였습니다.

그 고을의 순박한 사람들을 나는 알고 있지.

'쑥대머리'로 시작되는 창을 좋아하는 남정네들. 호박
죽이라도 별미라고 생각되면 이웃끼리 담 너머로 사발을
주고받는 아낙네들. 선산을 지키겠다고 고향 떠나기를 죽
기 다음으로 싫어하는 노인네들. 발그레한 복숭아빛 부끄
러움이 별나게도 양 볼에 잘 떠오르는 처녀 총각들.

어느 날, 나는 이 고을의 변두리에 있는 한 성당 위에 머

물고 있었지.

한낮의 교리실에서는 마침 교리 수업이 끝나 사람들이 셋 넷씩 나오고 있었는데 할머니 한 분이 자꾸만 문 앞에서 머뭇거리었어.

교리를 가르치시는 젊은 수녀님이 할머니한테로 다가갔지.

"저어……. 수녀 선상님……."

"네, 할머니. 무슨 말씀이신데요?"

"한 가지만 꼬옥 물어 보았으문 속이 시원하것는디……."

"무엇인데요, 할머니? 어려워하지 마시고 말씀하셔요."

"저어……. 이런 것을 물어도 될는지 모르것소만……."

"괜찮아요, 할머니."

"수녀 선상님, 천당에 가문 이 세상의 좋은 것은 다 있다고 했지라?"

"네, 할머니."

"그러문 우리 이 정든 땅도 있겠지다잉."

"정든 땅이라뇨, 할머니?"

"아, 지금 우리가 밟고 선 이 땅 말이오. 나는 우리 이 고

향 땅이 젤 좋소. 천당이 아무리 좋다고 해도 우리 태가
묻히고 보리가 자라는 이 땅이 없다믄 참 서운허것애서
허는 말이오"

그때서야 수녀님은 할머니의 마음을 짚게 된 모양이야.
손등으로 입을 가리고 웃고 나서 수녀님이 말했지.

"할머니, 걱정 마세요. 할머니네 천국은 할머니네 고향
그대로일 테니까요. 할머니께서 못 잊는 이 흙과 산과
내와 풀이 다 있을 거예요."

할머니가 비로소 이가 보이지 않는 입을 벌리시고 활짝
웃으셨어.

"하느님은 참말로 하잘 것 없는 우리들 심장 한가운데까
지도 훤히 보고 계시는갑소잉."

나는 성당의 종탑을 한 바퀴 돌고는 그곳을 떠났지. 꽃
봉오리를 소리 없이 열리게 하는 빛과 푸름을 돋게 하는
바람의 복을 어느 곳보다도 많이 받으리라 믿으면서.

그런데 얼마 후, 나는 빛살이 때아닌 무기 위에서 튀고,
매캐한 가스에 푸른 바람이 질식하는 난리를 이 고을에서
보게 되었지.

난리, 이런 난리가 또 있을까. 대낮에 사람이 사람을 벌건 눈으로 노리며 쫓아가는 길거리. 함성과 총소리와 돌멩이가 마지막 새 한 마리까지도 몰아내 버린 광장.

나는 골목 안으로 흩어지는 젊은이들이 나누는 소리를 들었지.

"젊은 임산부가 총을 맞았어."

"두 사람이 당한 셈이군."

"그런데 뱃속에 든 아기가 말이야 여덟 달이나 되었으니 어쩌겠어. 여인의 친정 어머니가 하시는 말씀을 제정신 가지고는 못 듣겠어."

"……."

"숨을 거두어 버린 엄마의 뱃속에서 아기가 반 시간이나 더 살아서 발버둥을 치더라는 거야."

"그만, 그만해."

아아, 이런 일도 있을 수 있는가.

나는 기찻길이 있는 방죽으로 방향을 돌렸지. 그런데 거기에도 슬픈 소식이 퍼지고 있기는 마찬가지였어. 굴다리 밑에 옹기종기 모여 선 사람들이 수군거리는 거야.

"글쎄 아이가 총소리에 놀라서 도망을 가다가 신발이 벗
  겨졌다지 뭐야."

"저런!"

"그러자 아이가 저희 엄마한테 신발 잃어서 혼난 적이
  있는지 신발을 집으러 돌아섰다가 그만……."

"아이고, 저걸 어째!"

나는 가슴이 터질 것 같아서 그 도심에 더 있을 수가 없
었어. 피난하는 아녀자들을 따라 변두리로 나오는데 문득
언젠가 성당에서 본 적이 있는 그 할머니가 눈에 띄었지.

수건을 머리에 쓴 할머니는 동네 여자들과 함께 길가에
솥을 걸고는 밥을 짓고 있었지. 쌀도 함지에 내 것 남의 것
구별 없이 가지고 나와서 짓는 밥이었어.

얼굴이 검은 아낙네가 할머니한테 주걱을 달라며 말했
어.

"노인은 비켜나세요."

"무슨 소릴, 죽을 날이 얼매 안 남은 우리가 일을 더 해야
  지."

"아닙니다. 젊은 우리가 다 할 테니 노인은 좀 쉬시라니

까요."

"아닐세. 죽으문 썩어질 놈의 몸뚱인데 아끼문 뭣 한당가."

할머니는 한사코 아낙네들과 어울려서 일을 했지. 불을 때고 밥을 푸고, 주먹밥을 만들고. 그리하여 집 떠난 지 오래 되는 사람들이 내미는 손마다에 주먹밥 한 덩어리씩을 놓아 주는 것이었는데 할머니는 마냥 치마를 뒤집어서는 눈 밑을 씻곤 했지.

해가 기울면서 이젠 검정 솥의 밑이 드러나고 있었지. 그러나 도심으로부터는 좀체로 함성이 수그러들 줄 몰랐어.

할머니가 주걱으로 솥의 가장자리와 밑을 긁어서 마지막으로 주먹밥 한 덩어리를 만들었지. 그리고는 남은 단무지 두 쪽을 얹어서 곁에 있는 아주머니한테로 내밀었어.

"젊은 사람이 온 종일 아무것도 먹지 않았으니 얼마나 시장하것소? 이것으로 요기나 하시오."

"노인네가 잡수셔야죠. 저흰 젊어서 아무렇지도 않습니

다."

"아니오. 앞날이 창창한 젊은 사람이 먹어요."

"아닙니다. 노인네께서 잡수셔요."

이때였어.

어디를 바삐 갔다 오는지, 한 무더기의 젊은이들이 자전거를 타고 도로의 저편으로부터 다가오고 있었지.

할머니가 길 가운데로 나섰어. 맨 앞에 선 젊은이한테로 그 주먹밥을 내밀며 말했지.

"어메, 내 새끼들. 얼마나 배 고프겠냐. 이거 받아 먹고
　가거라잉."

그러자 그 청년이 고개를 저으면서 말했지.

"할머니, 저는 아직 힘이 있습니다. 저기 뒤에 오는 친구
　주십시오."

할머니는 한참동안 혀를 끌끌 차고 있다가는 자전거 페달을 힘겹게 밟고 오는 뒤의 학생한테 주먹밥을 다시 내밀었어.

"어메, 얼마나 힘드냐? 이거 먹고 물 마시고 가거라 잉."

그런데 이번 젊은이 역시도 고개를 젓는 것이었어.

"할머니, 저는 괜찮아요. 저기 저 뒤에 쳐져서 오는 친구
한테 주세요."

그러나 그 뒤에 지나가는 청년도 미루기는 마찬가지였
어. 할머니와 젊은 아낙네가 서로 먼저 먹기를 바라던 것
처럼.

마침내 할머니는 맨 뒤에 올 그 누구인가를 기다리며
두 손에 마지막인 주먹밥을 싸쥐고서 가로수 밑에 쪼그리
고 앉았지.

아낙네들이 하나씩 둘씩 집으로 돌아가고 하늘에 별이
나타나기 시작했어. 소쩍새가 재 너머서 소쩍소쩍 울었
지.

혼자 남은 할머니는 문득 젊은 날을 생각하는 것 같았
어. 핫바지의 고이춤도 제대로 여미지 않고 서둘러 집을
나간 남정네가 영 돌아오지 않던 어느 초여름 저녁, 그때
도 주변에는 보리 익은 내음이 묻어 들고 개구리들 울음
만이 높아갔지.

간혹 나뭇잎새 흔들리는 소리만 들려도 할머니는 고개
를 들었어.

그러나 길 저편에서는 밤 안개나 솔솔 다가오고 있을 뿐이었어.

할머니는 식은 주먹밥 덩어리를 손바닥 온기로 덥히기라도 할 것처럼 고이 싸쥐고 마냥 기다리고 있었지.

그리하여 결국 그 주먹밥은 재 너머에 쓰러진 젊은이의 혼을 데리러 온 하늘 사자의 밥이 되고 만 셈이지.

자유의…….

눈동자 속으로 흐르는 강물, 문학아카데미, 1997년 8월

날아라, 새여

흰구름이 이야기하였습니다.

그 주행 실험장은 새 자동차들의 기능을 살피는 곳인데 늘 푸른 샛강을 가슴에 끼고 있지.

플라타너스가 두 줄로 늘어서고 페이브먼트가 휘어졌다가는 다시 곧게 뻗어 나간 안쪽 모랫벌에 정문이 있어.

그 정문으로는 아침이면 기사들이 밀물처럼 밀려 들어왔다가는 저녁 때면 썰물처럼 빠져 나가곤 하지.

그런데 그 주행 실험장에는 자동차나 사람들 못지않게

새들 또한 많이 모여들곤 했어.

아마도 어느 강변보다도 짙은 숲과 넓은 모랫벌 덕분이 아닌지, 나는 그렇게 생각하지. 새들은 원래 숲이 우거진 강변을 좋아하거든.

그러나 사람들의 막되어 먹은 심술을 모르는 물새들은 간혹 피나는 울음을 우는 때도 있어. 그것은 장난기 심한 사람들에게 알을 빼앗겼을 적이야.

뽀얀 물새알을 보물찾기라도 하는 양, 뒤져서 서로 주고받다가 깨뜨리고서 웃는 저 어처구니없는 사람들…….

이런 것을 볼 때면 나는 마음이 허허로워서 산을 넘어가 버리곤 했는데 얼마 전부터 보이기 시작한 젊은이는 좀 달랐어.

"아니, 너 어떡하려고 여기에다 알을 낳았니?"

화장실을 가다 말고 찔레나무 밑에다 시선을 던진 젊은이가 소리를 질렀지.

그러자 흰 바탕에 검은 바둑 무늬가 있는 물새 두 마리도 지지 않고 짹짹거렸어.

"여기가 우리의 보금자리예요. 우리 집에다 우리가 새끼를 부화하려고 하는데 웬 참견이세요?"

"여기는 사람들의 눈에 금방 띄는 길섶이란 말이야. 더
구나 화장실까지 가기 싫어서 이 근처에다 용변을 보는
남자들이 얼마나 많은데."

아니나다를까. 사람들이 모여들기 시작하더군. 그러고
는 젊은이의 어깨 너머로 찔레나무 밑을 살펴보고는 환호
성을 올리는 것이었어.

"야, 물새알이다. 저건 내 꺼야. 우리 조카한테 가져다
주면 좋아하겠다."

"얼씨구, 누구 맘대로. 이번엔 내가 가져야 해. 저녁에
술안주로 안성맞춤이야."

이때 젊은이가 돌아서서 사정하는 소리를 나는 들었지.

"사정한다. 제발 내 부탁 좀 들어 줘. 네 조카의 구슬 살
돈 내가 줄게. 술과 안주도 살게. 제발 저 새알은 건드리
지 마라. 새가 새끼를 까면 얼마나 기쁘겠어? 그리고 우
리 일터에. 아니 우리 지구에 물새 네 마리가 더 늘어난
단 말이야. 얼마나 신나는 사건이야. 안 그래?"

"야, 물새 새끼가 새로 깨인다고 해서 보너스가 나오니?

왜 그렇게 열을 올려?"

"그럼 이런 걸 상상해 본 적이 있니? 우리 주행 실험장에
새가 한 마리도 없는 걸 말이야. 몸이 피곤할 때 낭낭히
들려 오던 새들의 노래를 떠올려 봐. 얼마나 우리를 상
쾌하게 해주던?"

젊은이가 하도 사정하는 통에 그의 동료들은 못 이기는
척 슬그머니들 물러갔지. '여자에 미친 녀석은 봤어도 새
한테 미친 녀석은 처음 본다.' 하면서.

이날부터 젊은이는 출근하기가 바쁘게 여기를 들리더
군. 늘 지각이 될 듯 말 듯 아슬아슬한 시간에 정문을 들어
서던 그였었는데 이후부턴 단연 일착으로 출근하는 것이
었어.

'이 찔레나무 밑에는 물새가 알을 품고 있습니다. 당신
의 따뜻한 사랑을 기대하며.' 라는 쪽지를 써서 붙여 놓기
도 하고.

언젠가 일요일 오후에는 술에 젖어 나타나서 어디서 구
해 왔는지 조를 한 움큼 뿌려 두고 가기도 하고.

한 며칠 날이 궂었지.

먹구름이 하늘을 덮고 있는 동안에 나는 높은 산 너머에서 쉬고 있었지.

바람이 천둥소리 따라 세게 불고, 번개 빛살이 높은 산 뒤안까지 뻗쳐 들었지.

그러나 궂은 날은 오래 가지 않기 마련이야.

먹구름이 층층이 쌓여 있을 때 보면 언제 파란 하늘이 트여서 내가 나서게 될지, 조바심이 날 때도 있지만 새벽이 찾아 올 적처럼 어느 순간에 문득 어둠은 가셔.

먹구름이 걷혔을 때, 하늘의 싱싱함을 나는 알고 있지.

푸른 물이 뚝뚝 듣는 듯한 하늘 한가운데로 나의 새하얀 깃을 펴고 조용히 흐를 때의 감미로움이란!

주행 실험장에 내가 이르니 마침 그 젊은이도 탈의실에서 옷을 바꿔 입고 나오더군. 젊은이도 날씨가 나쁜 사흘 동안 못 와봤던 모양이야. 작업복의 윗저고리 단추도 제대로 채우지 못하면서 달려오고 있었지.

그런데 찔레나무 밑을 살펴본 젊은이와 나는 동시에 눈을 휘둥그렇게 뜨고 말았어.

이럴 수가!

물새알 네 개 중에서 한 개는 깨어져 있고, 세 개는 어디론가 사라지고 없지 않은가.

젊은이는 플라타너스에 기대어서 한동안 바로 서지를 못했지. 나도 아득히 나뉘어지는 조각구름의 아픔을 느꼈고.

얼마나 되었을까. 차고로부터 젊은이를 찾는 소리가 들리었어. 그때서야 젊은이는 뚜벅뚜벅 걸어서 깨어진 알을 플라타너스 잎에 싸 묻더군.

그러고는 '이 찔레나무 밑에는 물새가 알을 품고 있습니다. 당신의 따뜻한 사랑을 기대하며.'라는 쪽지를 뜯어 내 구겨 쥐고 돌아갔지.

얼마 후, 나는 얼굴에 핏기라곤 하나 없는 그 젊은이가 주행 실험 차를 힘없이 운전하고 가는 것을 보았어.

그런데 그 차가 찔레나무 숲 길을 지날 무렵이었지.

갑자기 브레이크 밟는 소리가 들렸어. 그리고 젊은이의 환호성도.

"이게 웬일이야!"

뒤에 오던 차들도 급정거를 했지. 차마다에서 기사들이

고개를 내밀고 물었어.

"왜 그래, 왜?"

"무슨 일인데 그래?"

그러자 젊은이는 얼굴이 빨갛게 된 채로 손을 들어 가리켰어.

도로 가운데를 무단 횡단하고 있는 어미 물새 한 마리와 어린 물새 세 마리. 그들은 한결같이 하얀 바탕에 검은 바둑 무늬를 지니고 있었지.

실바람이 불어 왔어.

나는 바람에 쉬엄쉬엄 밀려 가면서 기사들의 말에 귀를 기울였지.

"고것들 참 귀여운데."

"그런데 무단 횡단을 하면 어떡허나, 첫 외출인 모양인데."

"괜찮아. 며칠 있으면 저들은 창공을 날게 될 테니까, 지상의 교통 법규 같은 건 안 알아도 돼."

꽃그늘 환한 물, 문학아카데미, 1989년 7월

눈썹이 지워진 여인

흰구름이 이야기하였습니다.

세상 사람들의 약간 비거나 또는 출렁거리는 슬픔과 기쁨을 함께 맛볼 수 있는 곳이 있지. 헤어지기도 하고 만나기도 하는 곳, 그래 선창이야.

돌아오는 님을 기다리는 여인들의 길어진 목이며 떠나는 님을 배웅하는 사람의 깊어지는 눈이며.

그중에서도 남녘 땅 고흥만에 있는 한 선창의 슬픔은 저녁놀만큼이나 짙지. 건너편에 있는 사슴을 닮았다고 해서 소록도라 부르는 섬으로 가는 배가 여기에서 출발하거든.

어찌할 수 없는 마지막 병을 얻어서 피보다 진한 눈물을 흘리면서 찾아가는 사람들. 문둥이라고 불리는 사람들이 그들의 유배지인 소록도를 향해 가면서 뒤돌아보고 뒤돌아보고 하는 녹동 선창, 이곳처럼 한이 깊게 스민 나루가 또 어디 있을까.

더러는 부모 형제가 그리고 사랑하는 친구나 애인이 따라와서 배가 눈물 속에 묻혀서 보이지 않을 때까지 손을 흔들곤 하는데 아아, 그럴 때면 나도 어찌할 수 없는 슬픔에 수평선 너머로 묻혀가 버리곤 하지.

그러나 슬픔이 진한 곳일수록 진주처럼 맑은 기쁨도 있는 법이야. 때로는 성한 사람들이, 청보리 같은 그 젊은이들이 문둥병자들을 도우며 살고자 찾아오기도 하거든.

왜 하필이면 그런 데에 가서 일하려고 하느냐며 말리는 어른들을 뿌리치고 오는 그들의 배꽃 같은 순수. 그들의 마음 향기는 라일락 향기보다도 더 상큼한 것이라고 나는 생각하지.

그중에서도 오로지 문둥병자들을 위해서 이 세상에 온 듯한 파란 눈의 수녀 간호사님은 지상의 천사라고 감히 말할 수 있어.

코가 썩어 무너지고 고환 부위가 완전히 헌 환자에게 다가가 콧노래를 부르면서 성기와 고환을 젖히며 연고를 바르고 있는 간호사. 누가 그를 하늘에서 걸어 내려온 천사가 아니라고 할 것인가 말이야.

그날 나도 소록도를 떠나서 뭍의 선창 근처로 올라와 머물고 있었어.

그날 따라 나루는 한가하였지. 배표를 파는 사람도 그 곁의 강아지도 졸고 있었고, 돌담 밑에 주저앉은 수탉도 가물가물 눈을 내리감고 있었어.

그런데 아까부터 소나무 밑에 등을 지고 서 있는 남녀가 있었어. 남자가 모자를 쓰고 가방을 끼고 있는 것으로 보아서 소록도를 찾아가는 사람임을 단번에 알아보았지. 대개의 문둥병자들은 눈썹이 먼저 빠지기 때문에 모자를 사거든.

남자가 조용히 입을 열었지.

"제발 돌아가 줘. 그리고 이제부터는 나를 잊어버리고 새로운 출발을 해 줘. 부탁이야."

그러자 눈썹이 솔눈처럼 아름다운 여인이 대답했어.

"아냐요. 당신을 따라서 나도 섬에 가겠어요."

"미쳤어? 이봐! 난 문둥이란 말이야. 문둥이. 날 따라가서 어떡하겠단 거야. 설마 당신도 문둥이가 되겠다는 것은 아니겠지?"

"저는 하느님 앞에서 서약한 것을 지키려는 거예요. 기쁠 때나 슬플 때나 그리고 건강할 때나 병들 때나 사랑하겠다는 약속, 당신은 그 약속을 잊으셨나요?"

남자가 소나무에 머리를 쿵쿵 찧었어. 그러자 소나무 가지에 앉았던 새들이 폴폴 날았지.

남자가 울부짖다시피 말했어.

"돌아가 줘. 나를 진정으로 사랑한다면 날 더 이상 괴롭히지 말고 돌아가서 새로운 생을 살아 줘. 부탁이야."

여인은 아무런 대꾸도 하지 않고 수평선만 물끄러미 바라보았어.

남자는 자기의 말이 받아들여진 것으로 알았는지, 가방

을 들고 뚜벅뚜벅 선창 쪽을 향해 걸었지. 그러자 이에 질세라 여인이 남자를 쫓아갔어.

남자가 뒤를 돌아보더니 발을 멈추었어. 고개를 숙이고 한참을 생각하더니 되짚어서 소나무 쪽으로 걸어갔지. 물론 여자 또한 남자 뒤를 따랐고.

남자가 다시 입을 열었어.

"사실은 내가 당신한테 고백할 게 있어."

"고백이요? 무엇을 고백해요?"

"이거 대단히 미안한 말이지만……. 나한테는……. 나한테는 당신 말고 사랑하는 사람이 따로 있었어. 고등 학교 다닐 때 서클에서 만났던 여자인데 나는 당신과 결혼을 했지만 지금까지도 그 여자를 못 잊고 있어. 아니, 얼마 전까지만 해도 당신 몰래 비밀 데이트를 했었지. 내가 이런 몹쓸 병에 걸린 것도 못된 나한테 하느님이 내린 벌이 아닐까 생각하고 있지."

순간, 여인은 충격을 받은 것 같았어. 바다를 응시하는 여인의 속눈썹이 가늘게 떨고 있었지.

기회는 이때다 싶었던 모양이야. 남자는 재빨리 선창으

로 가서 배를 탔어.

여인이 고개를 들었을 땐 이미 남자를 실은 배는 소록
도를 향해 떠나고 있었지.

손을 흔들던 남자는 점점 배가 선창에서 멀어지자 윽
하고 뱃전에 기대어 통곡을 터뜨렸어. 나는 그제서야 여
자를 떼어 놓기 위하여 꾸며 댄 남자의 깊은 마음을 헤아
릴 수가 있었지.

나는 여인이 궁금했어. 물론 돌아가야 하는 여인이지만
어떤 뒷모습인지 보고 싶었거든.

그런데 여자는 마냥 소나무에 기대어 있더군. 하늘을
우러르다가, 바다를 바라보다가 그리고 잎새에 바람 지나
는 소리를 듣다가.

어느덧 해가 서산 마루 위로 기울면서 노을빛이 뉘엿뉘
엿 내 몸 가장자리를 적실 무렵이었어.

여인은 그제야 소나무 곁을 떠나는 것이었어. 어디로
가려는가. 여인의 뒷모습을 지켜보던 나는 눈을 휘둥그렇
게 떴지. 글쎄, 그 여인은 기어코 소록도를 향해 떠나는 막
배에 오르고 있지 않은가 말이야.

마침 다도해에서 불어오는 바람에 떠밀려서 나는 그 곳에 더 머물러 있을 수가 없었지. 작은 사슴섬 그늘로 묻혀 가는 배를 이제 막 돋아나기 시작하는 별들한테 맡겨 두고 떠날 수 밖에.

세월은 흐르는 물이 돌 위에 이끼 한 낯 올리는 것만큼씩 쌓여 가지. 아니, 지워진다고 해도 좋을 거야. 봄, 여름, 가을, 겨울이 오고 가고, 가고 오고 하니까.

그 무심한 세월 속에서 어느 날 나는 모처럼 소록도에 이르렀지.

신생리며, 서생, 그리고 남생과 동생리 등 모두가 날생자 생이 든 마을을 넘나들다 말고 나는 문득 마늘밭 한 쪽 귀퉁이에 시선이 머물렀지.

바지게를 받혀 두고 그 아래에 앉아서 낮참을 먹고 있는 정다운 부부. 그 두 사람의 얼굴이 눈에 익었지.

그래, 맞아 언젠가 녹동 선창에서 보았던 그 여인과 남자였어.

여인이 머리에 쓴 수건을 벗어서 얼굴의 땀을 닦았지. 그 순간 나는 가슴이 컥 막히는 것을 느꼈어.

솔눈처럼 아름답던 여인의 눈썹. 그 눈썹이 지워지고
없지 않은가.

아아아아아아.

산을 넘고 물을 건너면서 산울림의 끝절 같은 찬란한
울음을 나는 울고 또 울었었지.

꽃그늘 환한 물, 문학아카데미, 1989년 7월

하늘 뒤안

금거북이의 외침

　　그날 그 상자 속의 갖가지 금붙이들은 불만이 대단했다. 가장 목소리가 큰 것은 금메달이었다.

　"뭐야, 이거 왜 내가 하잘것없는 너희들과 한 몸이 되어야 한다는 거야? 우리 주인은 도대체 알다가도 모를 사람이야. 처음 내가 자기 목에 걸렸을 때 입을 맞추며 만세를 부르던 때는 언제고, 아무 잘못도 없는 나를 왜 이렇게 여기에 던져 놓은 거야?"

　금열쇠 또한 가만 있지 않았다.

　"너만 잘났어? 이래 봬도 나도 학자 집에서 고고하게 지내던 몸이라구. 교수직 정년 퇴임식에서 제자들로부터 요란한 박수와 함께 나를 받을 때는 눈물까지 흘리던 분이었는데. 이렇게 하루 아침에 나를 내놓을 줄은 몰랐어."

한쪽 구석에서 가느다란 목소리가 흘러나왔다. 작은 돌 반지였다.

"나처럼 억울하려구요? 불과 며칠 되지도 않았어요. 돌 잔치에서 아기 손가락에 딱 한 번 끼워진 것이 처음이자 마지막이었어요. 나는 당신들과 함께 금덩어리가 된다는 게 끔찍해요."

맨 가장자리의 통반지가 입을 열었다.

"나는 한 가문에서 100년도 더 살아온 몸이라우. 첫 번째 주인은 이미 돌아가셨지만서두 처음엔 백년가약을 맺는 결혼반지였고, 다음엔 며느리한테 아름다운 대물림 반지가 되었고……."

통반지는 막힌 코를 훌쩍이고 나서 말을 이었다.

"그것뿐만이 아니지유. 아들 학자금 챙기느라 저당 잡힌 적도 있었고, 하마터면 도적한테 빼앗길 뻔한 적도 있

었고……, 그렇게 소중히 할머니의 매듭 굵은 손가락
에 끼워져 있었는데……. 지금 나는 나보다도 할머니
의 빈 손가락 생각에 잠이 오지 않는다우."

이제까지 잠자코 듣고만 있던 작은 금거북이 느릿느릿
말했다.

"나는 할 말이 없다. 다만 각자 온 곳은 다르지만 우리 주
인들의 나라를 위해 함께 불 속으로 들어가서 하나가
된다는 사실에 가슴 벅찰 뿐이다!"

하늘새 이야기, 현대문학북스어린이, 2001년 2월

또 하나의 눈동자

봄이 남대천 골골에 찾아왔습니다. 냇가의 버들가지 그늘 밑에까지. 어린 물고기들은 그곳에서 놀고 있었습니다. 그중 등에 푸른 하늘 깃이 비쳐든 것 같은 맑은 고기한 마리가 한나절 내내 두둥실 흐르는 흰구름을 올려다보며 골똘히 생각에 젖어 있었습니다.

피라미가 그의 꼬리로 지느러미를 살짝 건드리며 말을 붙였습니다.

"꼬마 연어야."

"응."

"무슨 생각을 그렇게 오래오래 하고 있니?"

"나는 누구일까? 그것을 생각해 보고 있는 참이야."

"바보같이, 그것도 몰라. 너는 한국의 남대천에서 태어 난 새끼 연어 아니냐."

꼬마 연어는 배시시 웃었습니다.

"그럼 너는 한국이 어떤 나라인지 아니?"

피라미는 대답을 못하고 머뭇거렸습니다.

꼬마 연어가 말했습니다.

"이 나라는 높은 산과 낮은 산의 어깨동무가 아름답고, 조용한 아침 바다와 강을 사랑하는 사람들이 사는 곳이 야."

피라미가 퉁명스럽게 대꾸하였습니다.

"너는 참 별나다. 그렇게 머리 아픈 것을 알면 밥이 더 생 기니? 친구가 더 생기니? 그냥 재미있게 놀고 지내면 되는 거 아냐?"

꼬마 연어가 고개를 저었습니다.

"태어난 고향은 알아야 해. 그래야 돌아오지."

"뭐? 돌아온다고? 어디로 갈 건데?"

"넓은 바다로."

"넓은 바다에는 또 왜 가? 큰 물고기들이 많아서 위험하다는데."

꼬마 연어는 지느러미를 움직이기 시작하였습니다.

피라미가 따르며 물었습니다.

"정말 넓은 바다로 갈 거야? 정말 가는 거냐구?"

"그럼. 지금 출발하고 있는걸."

"가지 마. 돌아서라구. 거기는 위험하다고 했어. 우리보다 몇 백 배나 힘센 가물치 아저씨도 가지 않는걸."

"가물치 아저씨는 그래서 기슭 고기인 거야. 나는 넓은 바다 고기가 되겠어. 안녕. 잘 있어."

꼬마 고기는 벌써 강줄기로 헤엄쳐 들고 있었습니다.

멀리 푸른 바다가 나타났습니다.

세상의 사건은 '갑자기' 시작됩니다. 천둥처럼, 폭풍처럼 갑자기 밀어닥치는 것입니다.

남대천 처녀 연어에게 그날의 사건도 갑자기 일어났습니다. 총각 연어와 산호숲을 산책하고 있었을 때였습니다. 숨어 있던 꽁치가 갑자기 입부리로 총각 연어를 공격해 온 것이었습니다.

"앗, 위험해!"

남대천 처녀 연어가 그 앞을 가로막았습니다.

그리고 남대천 처녀 연어는 그만 정신을 잃었습니다. 정신이 들어 보니 한쪽 눈이 안 보였습니다.

그녀를 내내 지키고 있던 총각 연어가 울먹이는 목소리로 말했습니다.

"꽁치의 입부리에 네 오른쪽 눈이 찔렸어. 덕분에 나는
　살아났지만도."

"두 눈이 멀지 않은 것만도 감사할 일이지."

"내가 너의 잃어버린 눈이 되어 줄게."

"동정받는 것은 싫어."

"동정이 아니야."

"그럼 뭐야?"

"……."

"잘 가."

"가지 않겠대도. 나는 이제부터 너의 반쪽이야."

"슬퍼지게 될 텐데."

"좋아한다는 것은 슬픔도 기쁨도 함께 나누는 것 아니야?"

이날부터 두 마리의 연어는 꼭 붙어 다녔습니다. 둘이 각각 반쪽 세상을 보아서 하나로 합쳐 살아가는 삶이었습니다.

그러나 그것은 쉬운 일이 아니었습니다. 두 몸인데도 두 일을 함께 할 수가 없었으니까요.

"노을에 멱감으러 가자."

"피곤해. 그만 쉬었으면 좋겠어."

"나는 노을 든 물에 멱을 꼭 감았으면 좋겠는데."

"나는 이대로 여기서 밤을 맞고 싶어."

"우리는 너와 내가 아니지 않아?"

"물론 우리는 우리지."

"그런데 왜 너와 나로 자주 나뉘어지지?"

"생각이 같지 않으니까 그렇지."

둘은 비로소 어느 한쪽이 포기하여야 한다는 것을 알았습니다. 낮이 포기하였을 때 온전한 밤이 되고, 밤이 포기하였을 때 온전한 낮이 되는 것처럼.

　때로는 두 눈이 따로따로 볼 때도 있었습니다.

"바위 뒤에 우리 먹이가 있어."

"무슨 소리야? 원수가 숨어 있는데."

"새우 떼가 우리들 원수야?"

"넌 상어와 새우 떼도 구별하지 못하는가 보구나?"

"바보."

"누가 진짜 바보인지 모르겠네."

　둘은 몸을 붙이고 사는 것만으로 '함께'가 되지 않는다
는 것도 깨달았습니다. 마음이 같아야 한다는 것. 그러기
위해서는 한쪽 눈이 설혹 잘못 보았다 하더라도 믿어야
했습니다. 믿으면 곧 그렇게 되기도 하였습니다.

　바다에 또 한 해의 봄 강물이 흘러들었습니다. 여름, 가
을, 겨울 강물도 더해졌습니다. 두 마리의 남대천 연어는
그동안 태평양을 거슬러 다니면서 헤어질 뻔한 적이 한두
번이 아니었습니다. 그러나 산호 숲에서의 첫 마음을 돌
이켜서 참아 내곤 하였습니다.

　마침내 총각 연어의 멀쩡한 한쪽 눈도 쓰지 않은 가둠

때문에 멀어 버렸습니다. 둘은 이제 다른 한쪽의 꿈조차
도 함께 꾼 것으로 여기게 되었습니다.

"어젯밤에 고향 꿈을 꾸었지."

"맞아. 돌아갈 때가 된 거야."

눈이 하나씩인 두 마리의 연어는 나란히 꼭 붙어서 조
용한 아침 나라를 향해 파도를 넘고 또 넘었습니다.

멀리서 가을 바람을 타고 농악 소리가 아스라이 들려
왔습니다. 둘은 완전히 한 마리의 고기가 되어 있었습니
다. 보름달이 그들의 눈동자 속에서 또 하나의 눈동자로
떠올라 왔습니다.

외눈박이 물고기처럼 살고 싶다

외눈박이 물고기처럼

사랑하고 싶다

두눈박이 물고기처럼 세상을 살기 위해

평생을 두 마리가 함께 붙어 다녔다는

외눈박이 물고기 비목처럼

사랑하고 싶다

우리에게 시간은 충분했다 그러나
우리는 그만큼 사랑하지 않았을 뿐
외눈박이 물고기처럼
그렇게 살고 싶다
혼자 있으면
그 혼자 있음이 금방 들켜 버리는
외눈박이 물고기 비목처럼
목숨을 다해 사랑하고 싶다.

_류시화 시詩, 「외눈박이 물고기의 사랑」

하늘새 이야기, 현대문학북스어린이, 2001년 2월

조용한 대낮

단 위에 올라온 연사는 열변을 토하고 있었다.

"⋯⋯한라 들녘에서 유채꿀을, 지리산 자락에서 진달래 꿀을, 도봉산 허리에서 아카시아꿀을, 묘향산 자락에서 밤꿀을, 개마고원에서 메밀꿀을 뜨면서 이 삼천리 금수강산을 두루두루 유람하며 살고 싶은 것이 여기 이 사람의 소원입니다."

우레와 같은 박수가 쏟아졌다. 여학생들 쪽에서는 꽃이 던져져 나오기도 했다.

아버지는 가슴이 더워서 일어났다. 그런데 아들은 졸고

있었던 것 같았다. 눈을 손등으로 문지르며 일어났다.

아버지가 물었다.

"지금 저분이 무슨 말씀을 하셨는지 아니?"

"꿀 이야기를 하시지 않았나요? 양봉업자이신 것 같아요."

아버지는 발부리에 눈길을 준 채 잠자코 걷기만 했다. 아들은 그 뒤를 따르면서 굴러가는 휴지를 차려다가 계속 헛발질을 했다.

아버지가 발을 멈췄다. 아들도 멈췄다. 아버지가 아들의 손목을 잡고서 다시 발을 옮겨 놓으며 물었다.

"도적 중에 가장 용서받기 어려운 도적이 누구인지 아니?"

아들은 심드렁하게 대답했다.

"가정 파괴범이오."

"그 도적도 용서받기 어렵지. 그러나 또 있어."

"어떤 도적인데요. 아버지?"

"시간 도적이야."

아들한테선 대꾸가 없었다.

"상대의 시간을 지켜 주지 않는 것도 도적이고, 시간을 허비하는 것도 도적이지. 너도 조금 전에 그런 도적의 하나였다."

아들은 아버지의 손에서 손목을 빼내려고 하였으나 아버지가 놓아 주지 않았다.

건너편 산허리에 걸려 있는 흰구름을 바라보고 걷던 아버지가 다시 입을 열었다.

"놀이 중에 가장 나쁜 놀이가 무엇인지 아니?"

기다렸다는 듯이 아들이 대답했다.

"물론 도박이죠."

아버지는 고개를 저었다.

"그것은 개인이 파괴되는 놀이지. 그러나 인류가 파괴되는 놀이가 있다."

"그것이 무엇인데요?"

"전쟁놀이지. 하나만 더 물어보자."

"좋아요. 이번에는 아버지의 마음 속에 있는 정답을 대겠어요."

"그렇다면 대답해 보렴. 악마 중에 가장 소득이 높은 악마는 누구일까?"

아들은 고개를 갸우뚱하고 한참을 생각하다가 비로소
입을 열었다.

"알았어요. 유혹의 악마예요."

"왜?"

"모든 악의 첫발은 유혹으로부터 시작되니까요."

"그 녀석은 기초 악마지. 악마 중에 가장 소득이 높은 악
마는 무관심의 악마이다."

"그렇게 본다면 미움의 악마가 아닌가요? 무관심의 악
마는 이해하기 어려워요, 아버지."

"미움은 관심에서 나온 것이야. 그러니 미움이 깊어져서
사랑이 되기도 하는 것이거든. 그러나 무관심은 있어도
있지 않은 것만도 못한 것이야. 아버지가 너에 대해서
아무런 관심도 갖지 않아 봐라. 얼마나 괴롭겠니?"

비로소 아들의 눈동자가 반짝였다. 햇빛을 되쏘는 물빛
처럼.

"좀 더 설명해 주세요, 아버지."

"오늘날 무관심의 악마가 얼마나 높은 소득을 올리고 있

는지를 생각해 보렴. 죽어도 무관심, 살아도 무관심, 가난한 사람에 대해서도, 억압받는 사람에 대해서도 그저 무관심이지. 그러니 통일에 대해서는 일러 무엇 하겠니?"

아버지는 아들의 손목을 놓아 주었다. 아들은 아버지한테 꾸벅 절을 하며 말했다.

"아버지, 아버지의 말씀을 잊지 않을게요."

그날 밤, 아버지는 아들에게 보여 주고 싶은 극본 하나를 썼다.

화면에 나타나는 '무궁'의 선조.

들녘에도 솔밭에도 백조가 고요히 깃을 펴는 마을. 밥 짓는 하얀 연기가 떠오르고 있는 조용한 아침 풍경. 소를 몰고 논두렁길을 천천히 걸어가는 하얀옷 입은 남정네. 하얀 수건을 머리에 쓰고 개울가에 앉아서 빨래를 하고 있는 아낙네.

갑자기 휘몰아오는 바람, 어둠이 밀려들면서 전쟁의 함성이 들리고, 천둥번개가 친다. 말발굽 소리, 그리고 뱀의 혓바닥처럼 너울거리는 불길. 아녀자들의 비명 소리가 흐르고……

화면에 들어서는 신라 병정. '660무궁'이라는 이름표를 앞가슴에 붙이고 있다. 그는 피투성이가 되어 불에 타 검게 변한 전쟁터를 헤매면서 울부짖는다.

"같은 민족끼리 이렇게 죽이고 불질러서 통일하면 뭐하는가. 외국 군대를 끌어들여 오히려 제 핏줄을 업신여기고 괴롭히다니. 통일을 위해서는 이런 일도 아름답다고 꾸며 댈 수 있는가."

노을지는 강굽이를 따라서 아득히 사라지는 '660무궁'.

다시 물소리 점점 가까워지며 비바람 속에 터지는 먼 동.

강어귀의 어지러운 갈대를 헤치고 등장하는 '1950무궁', 경계하며 걸어 나오다가 긴장하며 발을 멈춘다. 갈대 속에서 꿈틀거리는 사람, 피투성이가 되어 숨을 가쁘게 쉬고 있다.

"너 창규 아니냐!"

"그……. 그래……. 넌……. 민……. 영……."

"창규야, 우리 어떻게 된 거니?"

"나……. 나……. 는……. 모올라……."

서로가 와락 끌어안으며 울부짖는다.

"왜 우리끼리 총부리를 겨누어야 했지? 왜? 왜? 왜?"

무심히 흔들리는 갈대, 화면 가득히 들어차고 서서히 여려지면서.

흰구름 두둥실 뜬 하늘 아래.

무궁화 꽃길을 가고 있는 '2020무궁', 아들의 손목을 잡고 있다.

아버지와 아들은 라디오에서 흘러나오는 뉴스를 듣는다.

"방금 들어온 소식입니다. 오늘 정오에 평화 지대에 있는 무기 박물관의 대포 속에 깃들이고 있던 박새가 새끼 다섯 마리를 부화하여 나왔다고 합니다."

아들이 묻는다.

"아빠, 통일은 누구에 의해 되었는가요?"

조용히 미소만 띄우는 아버지.

"아빠, 너도나도 모두가 통일을 바랬다던데요?"

"글쎄다."

"아빠, 오늘 민족통일묘지에 묻히시는 그분은 진짜 통
일꾼이신가요?"

"글쎄다……"

하늘새 이야기, 현대문학북스어린이, 2001년 2월

어떤 양식

꽃병에 들어 있는 그를 보고 건너편 꽃쟁반의 장미가 말을 걸었습니다.

"너는 무슨 꽃인데 그렇게 생겼니?"

"왜? 내가 어째서?"

"예쁘지도 않은 그 파랗고 가슬가슬한 목이 꽃이니까 말이야. 나는 그런 별난 꽃은 처음 본다."

"내 몫은 너희하고 달라. 너희는 그렇게 예쁜 꽃잎을 펴서 사람들의 사랑을 받지만 우리는 씨방에 드는 알곡으로 사람들의 양식이 되는 것이야."

"그럼 너희는 꽃나무가 아니고 농작물이네."

"그렇지. 나는 지금 이렇게 좁은 꽃병에 있어야 할 몸이
아니야. 드넓은 들녘에서 햇볕에 이삭을 익히고 있어야
해."

"그런데 여기에 어떻게 해서 오게 되었니?"

"보다 중요한 것을 알지 못하는 도시 사람들의 사치 탓
이지. 밭에서 한창 자라고 있는 우리를 꽃장수들이 와
서 농부로부터 꽃꽂이용으로 사버렸어. 그래서 여물기
전에 베어 온 거야."

이때 이 집의 주인 아저씨가 회사에서 돌아왔습니다.

방 안에 있던 아주머니와 아이가 뛰어나왔습니다.

아주머니한테 가방을 넘겨 주고 아이의 손목을 잡고 들
어오던 아저씨의 눈길이 문득 보리에 와 닿았습니다.

"아니, 이건 보리 아니오?"

"그래요. 멋지지요? 향기도 맡아 봐요. 아주 싱그러워
요."

"무슨 소리를 하는 거요? 이 보리는 보고 즐기는 거리가
아니에요. 우리들의 양식이란 말이오."

저녁 식사를 마친 아저씨가 아이를 데리고 보리 앞에 앉았습니다.

"너 이 보리에 대해서 아니?"

"몰라요, 아빠."

"우리가 간혹 쌀과 섞어서 밥해 먹는 누런 곡식은 보았겠지?"

"네, 아빠."

"그 곡식이 여기 이 씨방에서 나오는 것이란다."

"아빠, 그럼 이 보리가 저기 저 장미보다 더 소중한 것이네요."

"그렇고말고. 그런데 넌 이 보리가 어떤 어려움을 겪고 자라는지 아니?"

"몰라요, 아빠."

"씨를 뿌리면 초겨울에 눈을 뜨고 올라오는 밭작물이야."

"아빠, 그땐 다른 식물들은 다들 추워서 시들잖아요? 그런데 이 보리만 겨울에도 눈 뜨고 살아요?"

"그렇지. 눈 속에서도 파랗게 자라지. 너는 조금만 추워도 방 안에서 나오지를 않는데 말이야."

"……."

"그리고 이른 봄에 서릿발에 들떠 있으면 농부들은 보리
밭을 밟아 주지."

"그러면 보리가 밟히겠네. 얼마나 아플까."

"아프겠지. 그러나 밟아 주지 않으면 웃자라서 오뉴월
이삭 들 때 비바람을 견디지 못해 쓰러지고 말거든."

"밟아 준 보리는 어떤가요, 아빠."

"뿌리가 단단히 내리기 때문에 어지간한 비바람에도 끄
떡하지 않고 실하게 자라지."

아저씨는 커튼을 젖혔습니다. 밤하늘의 별 하나가 또록
또록히 창가로 다가왔습니다.

"지수야!"

"네, 아빠."

"너도 저 보리처럼 자라야 한다. 어떤 눈보라가 치더라
도 절대 져선 안 돼."

"알았어요, 아빠."

"그리고 간혹 아빠 엄마가 혼을 내더라도 그건 보리처럼

웃자랄까 봐 밟아 주는 것으로 여겨야 해. 알았지?"

아이가 아저씨를 보고 방긋 웃었습니다.

아저씨도 아이를 보고 빙그레 미소 지었습니다.

보리는 비로소 여기 와서 한 제 몫을 생각하였습니다.

'몸의 양식보다도 더 거룩한 정신의 양식이 되었노라.'

고.

바람과 풀꽃, 대원사, 1990년 7월

_작품 발표 1987년 6월

_이 작품은 「여물어지기 위하여」라는 제목으로 수록된 후, 1993년 샘터사에서 출간한
『돌 구름 솔 바람』에 「어떤 양식」이라는 제목으로 다시 수록되었습니다.

유미네 은행

유미는 말이 늦었습니다.

올해 다섯 살이나 되었는데도 동요 하나 끝까지 하는 게 없습니다.

뒷집에 사는 동갑내기 영이는 텔레비전 연속극 주제가도 한 마디 틀리지 않고 부르는데 유미는 거기에 반도 미치지 못하였습니다.

오늘 아침 일입니다.

아빠가 출근 채비를 하는데 엄마가 손수건을 건네면서 말하였습니다.

"우리 유미는 아무래도 좀 부족한 아이 같아요. 어제 저희 삼촌이 오니까 글쎄 쥐 온다, 쥐 온다 하잖아요. 민망해서 혼이 났어요."

"그 사람 하는 일이 창고지기니까 고양이라고 해야 할 텐데 왜 쥐라고 할까? 혹시 유미 삼촌이 사장 모르는 사이에 쥐가 되어 창고를 축내고 있는 거 아니오?"

"아니, 당신 지금 무슨 말을 하는 거예요? 우리 유미가 무엇이고 제대로 알지 못하는 게 탈이란 말예요."

"꼭 그렇게만 생각할 게 아니오."

"아녜요. 문제가 있는 아이예요. 지난 번 일요일에 당신도 보았잖아요? 공터에 나 있는 명아주 풀을 보고 요요야, 요요야 하지 않던가요."

"그야 명아주로 강아지 놀이를 했으니까 그렇지."

"아유, 그 아버지에 그 딸이라더니 듣자하니 당신은 꿈보다 해몽이 좋군요. 그러나 나는 이제 더 이상 못 참겠어요. 동숭동에 아이들 말 교정시키는 곳이 있다니까 거기 한번 가서 알아봐야겠어요."

"그렇게 서두를 필요가 있을까? 내가 보기에는 우리 유

미가 이 세상의 말보다는 제 마음 속의 말을 익히느라
고 그러는 것 같은데."

문 밖에서 듣고 있던 유미는 아빠의 말이 맞다고 생각
하였습니다. 엄마가 이 세상의 것에 대해 설명해 주면 줄
수록 유미의 마음 속은 어두운 밤 골목처럼 캄캄해져 있
으니까요.

엄마는 이렇게 가르쳐 줍니다.

"이런 건 돌이라고 한다. 아무 데도 쓸모 없는 것이지. 따
라 해 봐. 돌!"

유미는 마지못해 엄마의 입 모양을 흉내냅니다.

"돌."

"그렇게 작은 소리로 말하지 말고 크게 해 봐. 돌!"

"도올!"

그런데 이상합니다. 엄마가 가르쳐 준 대로 익히고 나
면 유미의 마음 속 별 하나가 깜박 꺼지는 것이었습니다.
그리고 대신 머릿속에는 쓸모가 없다는 부분에 돌 모양이
새겨졌습니다.

"저건 우리한테 귀찮게 구는 개미다, 개미!"

"개미."

"저건 세상에 가장 많고도 많은 풀이다, 풀!"

"푸울."

"푸울이 아니고, 풀이야 풀!"

"엄마, 풀이야 풀은 또 뭐야?"

"이 바보야, 풀이야 풀이 아니고 그냥 풀이란 말이야 풀! 내가 못 살아, 못 살아."

엄마가 엄마의 가슴을 콩콩 찧는 일이 한두 번이 아닙니다. 그러나 유미도 답답하기는 마찬가지입니다.

유미는 저한테 보이는 것마다에 제 마음에 뜨는 별을 붙여 주고 싶습니다. 그리고 그렇게 저만의 것으로 부르고 싶어합니다.

그러나 세상 사람들은 이미 약속을 한 것 같았습니다. 굳고 단단하나 흔해서 쓸모가 적은 것은 돌로. 그리고 까맣고 발 여섯으로 기어다니는 작은 벌레는 개미로. 또 파랗게 아무렇게나 흙에 발을 붙이고 사는 것은 풀로.

하지만 유미의 마음 속에 켜져 있는 그것들의 별 모양은 전혀 그렇지가 않았습니다. 유미의 마음 안에서는 돌이 숨을 쉬는가 하면 개미가 노래를 하기도 하고, 풀이 달려 나가기도 하니까요.

오늘도 엄마는 아빠가 회사에 가시자 설거지를 한 뒤에 유미한테 말하였습니다.

"집 좀 보고 있거라. 엄마 목욕 다녀올게."

유미는 고개를 끄덕였습니다.

"이 바보야, 그렇게 고갯짓으로 대답하지 말고 네, 하고 말로 해 봐."

엄마는 유미의 머리에 군밤을 먹였습니다.

유미는 눈물이 쿡 올라오는 것을 꾹 참았습니다.

"아유 답답해, 아유 답답해."

엄마는 목욕 대야를 옆구리에 끼고 밖으로 나갔습니다.

엄마의 발소리가 멀어지자, 유미는 두 손을 높이 쳐들었습니다. 그러자 꽃나무들이며, 풀들이며, 새들이 달려왔습니다.

빨랫줄에 앉아 있던 잠자리도 날아오고 주춧돌 밑에 숨어 있던 귀뚜라미도 뛰어왔습니다.

"유미야, 슬퍼하지 마, 우리가 함께 놀아 줄게."

"그래 고맙다. 나는 너희들과 마음으로 이야기하고 지내는 게 제일 재미있어. 그런데 왜 어른들은 입으로 소리를 내라고 하는지 모르겠어."

"그것은 어른들이 살아가는 방법이니까."

"나는 그 방법이 싫어. 그렇게 해서 내 동무 돌도 단단하게 굳어지고 명아주 풀도 풀밭으로 숨어 버리고 말았어."

"그러면 머지않아 우리들하고도 헤어지고 말겠구나."

꽃나무들과 풀들과 새들이 울음을 터뜨렸습니다. 잠자리도 눈물을 방울방울 떨어뜨리고 귀뚜라미도 흐느꼈습니다. 유미의 입에도 비죽비죽 울음이 울리는 순간이었습니다.

유미네 집 벽에 걸려 있는 작은 십자가에서 빼빼 마른 아저씨가 천천히 걸어 내려왔습니다.

"내가 위에서 너희들 얘기를 잘 들었다. 내 사랑하는 아이들아, 내가 너희들의 그 아름다운 소원을 들어 줄 테니 울지들 마라."

"정말이에요, 아저씨?"

유미는 기뻐서 소리쳤습니다.

"그럼, 유미는 우선 네 마음 속의 그 별들을 내게 맡겨 두

려무나. 그러면 내가 잘 간직하고 있다가 네가 훗날 나를 찾아오는 날 돌려 주마. 꽃나무랑, 풀이랑, 귀뚜라미랑, 잠자리랑 서로 얘기하고 지낼 수 있는 네 마음 속의 별들을 말이야."

"그러면 아저씨는 은행이네요?"

"그렇지, 은행이지. 마음의 은행. 유미야, 세상을 살다 보면 네 마음 속의 별들이 필요할 때도 있을 거야. 그럴 때는 나한테 와서 조금씩 찾아다 쓰기도 하려무나. 돌들의 노래와 풀들의 춤은 때로 시가 되기도 하고, 그림이 되기도 하거든."

"참 이상한 은행이다, 아저씬."

"그래, 이상한 은행이야. 어른들의 은행에는 돈만 맡겨지지. 그러나 사실은 돈보다도 더 소중한 것을 맡아 주는 은행도 있어야 하지. 가령 말이라든지, 기쁨이라든지, 그런 것도 저축할 수 있어야 하는데."

"아저씨, 나는 할게요. 말도 꼭 필요한 것만 쓰고 나머지는 아저씨한테 맡길게요. 기쁨도 많이 벌어서 아저씨한테 맡길게요."

"그래, 그래. 착하구나. 그리고 또 한 가지. 유미야, 세상을 살다 보면 기쁜 일도 있지만 슬픈 일도 있게 마련이란다. 그럴 때 네가 감당할 수 없는 슬픔을 나한테 가져오렴. 그것도 내가 맡아 줄게."

"정말이야, 아저씨?"

"정말이고말고."

"너희들도 우리 아저씨의 말씀을 잘 들었지? 그럼 다음에 만나서 즐겁게 놀자, 안녕!"

"안녕!"

꽃나무들도, 풀들도, 그리고 새들도, 잠자리와 귀뚜라미도 랄라랄라 랄라랄라 즐겁게들 노래하며 제자리로 돌아갔습니다.

엄마가 목욕탕에서 와 보니 유미는 마루에 엎드려서 잠이 들어 있었습니다.

누군가 입을 맞춰 주었는지 유미의 입가에는 방글 웃음이 그대로 남아 있었습니다.

바람과 풀꽃, 대원사, 1990년 7월
_작품 발표 1986년 6월
_이 작품은 「이상한 은행」이라는 제목으로 수록된 후, 1993년 샘터사에서 출간한
『돌 구름 솔 바람』에 「유미네 은행」이라는 제목으로 다시 수록되었습니다.

천사의 눈

시의 네거리 모퉁이에 커다란 은행나무 가로수가 서 있고, 그 은행나무 뒤편에 작은 빌딩이 하나 있습니다.

빌딩의 1층에는 여행사 사무실이, 2층에는 소아과 병원이 그리고 3층에는 조각가 아저씨가 세 들어 있습니다.

여행사 사무실에서는 기차표와 비행기표 파는 일을 합니다. 그러니 자연 이곳을 드나드는 사람들의 얼굴은 기쁨으로 출렁거리게 마련입니다.

"강릉 가는 표 있는가요? 경포대에 가서 우리 집 아이한테 달 뜨는 걸 보여 주려고 그래요. 경포대에서 보는 달은 정말 아름답거든요."

"부여 가는 표 있으면 넉 장만 주셔요. 이번 토요일에 온
가족이 한번 다녀올 생각예요. 부소산 낙화암으로 해서
백마강으로 가서 배도 타보겠어요."

이처럼 밝은 1층의 여행사와는 달리 2층의 소아과 병원
은 입구서부터 어둡습니다. 때로는 들어가기 싫어서 층계
에 주저않아 떼를 쓰는 아이가 있는가 하면 어떤 때는 기
절한 아이를 업은 어른이 급히급히 뛰어들어가기도 합니
다.

그러나 3층은 항시 고요합니다. 방의 여기저기에 널려
있는 돌덩어리와 나무토막과 플라스틱 그리고 석고가 '나
는 무엇이 될 것인가.' 하고 궁금해하고 있어서 더욱 조용
한지도 모릅니다.

그러니까 이 빌딩은 층마다 서로 다른 일거리로 아주
동떨어진 분위기를 이루고 있는 셈입니다. 하지만 층끼리
는 사이가 좋아서 서로 다툰 적이 없습니다. 도리어 2층
소아과 병원에서는 주사 맞기 싫어서 우는 아이한테 1층
에 있는 여행사 이야기를 하여 달랩니다.

"비행기 타고 여행 가고 싶지 않니? 제주도로 말이야. 제
주도에 가면 해녀도 볼 수 있고, 망아지도 볼 수 있고 귤
이 주렁주렁 열린 귤나무도 볼 수 있대. 그래, 어서 나아
야 제주도에도 갈 수 있는 거야."

그러나 이 병원에는 제주도 이야기를 열 번도 넘게, 그
리고 알프스의 산동네 이야기를 다섯 번도 넘게 들은 아
이가 있습니다.

이름, 이미리. 나이, 7세. 성별, 여자. 병, 선천성 심장
불량.

미리는 때때로 피를 바꾸어야 하고, 안정제 주사를 맞
아야 하고, 아랫배에 또 커다란 바늘도 꽂아야 하기 때문
에 간호사 언니의 달램 여행 밑천도 다 떨어지고 없습니
다.

도리어 병원에 처음 온 아이가 의사 선생님 앞에서 울
면 미리가 가서 손을 잡아 주며 달래었습니다.

"무서워 마. 나는 늘 피를 빼는걸. 너 여기 들어오다가 봤
지. 비행기가 그려진 유리문 말이야. 거기선 세계 여러
나라로 가는 비행기표를 팔고 있어. 너는 어디 가고 싶

니? 알프스? 그래 거기도 좋아. 흰 눈을 이고 있는 산, 지붕이 빨간 집, 파란 풀밭, 그래그래 젖소도 있지. 너도 사진에서 보았구나. 그런데 그런 나라에 가려면 말이야, 이 주사 맞고 어서 병이 나아야 한대."

또 어떤 날은 이런 얘기도 하였습니다.

"너 흰구름 타고 싶지 않니? 나는 아픈 것을 잘 참아 낸다고 애, 우리 작대기 아저씨가 흰구름을 탈 수 있는 표 얻어 준댔다. 흰구름 타고 여기저기 구경하면 얼마나 좋겠니? 그런데 흰구름은 너무 폭신해서 잘 걸을 수가 없다지 뭐니?"

작대기 아저씨란 3층에 사는 조각가 아저씨의 별명입니다. 작대기처럼 빼빼 말랐다고 해서 미리가 그렇게 부르는 이 아저씨는 미리와 가장 친한 친구입니다.

간호사 언니가 찾을 때 미리가 방에 없을 때도 있습니다. 그럴 때면 간호사 언니는 미리를 두 번 다시 부르지 않고 3층으로 올라갑니다. 그만큼 미리는 조각가 아저씨한테 자주 다닙니다.

'아저씨가 무얼 만들고 있을까.' 궁금해서 찾아가고,

옛날이야기가 듣고 싶어서 찾아갑니다. 가로수의 은행잎이 참 이쁘다고 일러주러 가고, 참새네 가족이 전깃줄에 앉아 있는 걸 보려고도 올라갑니다.

그런데 오늘은 조각가 아저씨가 미리를 찾아왔습니다.

미리가 큰 수술을 하게 되니 한번 보는 게 좋겠다는 의사 선생님의 전갈이 있었기 때문입니다.

미리는 침대에 누워서 피주사를 맞고 있었습니다.

"피야, 우리 작대기 아저씨 오셨다. 함께 인사하자. 안녕, 아저씨."

미리의 목소리는 여느 때와 다름없이 맑았습니다.

"그래, 미리도 잘 있었니?"

"네, 아저씨, 그런데 아저씨 손에 들고 있는 건 뭐예요?"

"응, 이건 어젯밤에 만들어 본 작품이야. 이름은 죄인상이라고 했지. 그러니까 이쪽에 눈이 없는 사람이 있지? 이 사람은 눈을 가지고 죄를 지었기 때문에 눈을 없앴고 이쪽에 입이 없는 사람은 입을 가지고 죄를 지었기 때문에 입을 없애고 만든 것이야."

"아저씨 너무했다."

"내가 뭘 너무해?"

그러나 미리는 고개를 돌렸습니다.

"피야, 어서 들어와. 와줘서 고맙다. 안녕."

미리는 이내 잠이 드는 것 같았습니다. 주사 바늘을 거
둔 한참 뒤에까지도 눈을 감은 채 색색 숨을 고르게 쉬었
습니다.

간호사 언니가 미리의 밀차를 가만가만히 밀었습니다.
이어서 청진기를 목에 건 의사 선생님이 뒤를 따랐습니
다. 조각가 아저씨도 밀차를 붙들고 걸었습니다.

밀차가 수술실 앞에 멈추자 미리가 눈을 떴습니다. 조
각가 아저씨와 눈이 마주치자 손짓으로 조각가 아저씨를
불렀습니다.

"작대기 아저씨, 나 지금 막 꿈을 꾸었다."

"무슨 꿈인데?"

"아저씨가 만든 죄인상들이 살아나서 나한테 막 달래지
  뭐야."

"무얼 달라고 하던?"

"입이 없는 사람은 입을 달라고 하고, 눈이 없는 사람은

눈을 달라고 사정하는 거야."

"그래서 어떻게 했니?"

"내 눈과 입을 떼어 주었어. 그랬더니 아주 고마워해. 이
젠 다시 죄 짓지 않겠대."

미리의 말꼬리가 수술실의 열린 문 사이로 사라져 갔습
니다. 문이 닫혔습니다. 그러나 조각가 아저씨는 고개를
숙인 채 좀체 움직이려고 하지 않았습니다.

한참 뒤에 조각가 아저씨는 고개를 끄떡이며 중얼거렸
습니다.

"……그래, ……천사의 눈, 천사의 입이야."

오후, 바람이 자는 한낮이었습니다.

네거리 모퉁이의 빌딩 옆에 선 은행나무 위로 흰구름
한 점이 가만가만히 내려왔습니다.

그러나 아무도 흰구름에 누가 오르는지 눈여겨보는 사
람이 없었습니다.

오세암, 창비, 1985년 9월
작품 발표 _1983년 11월

행복한 눈물

비행기가 구름 위로 솟았다.

오월의 나뭇잎새에 바람이 찾아들 때처럼 구름이 부드럽게 비행기의 창을 스쳤다.

"야, 구름이 내 꼬리보다 아름답다."

옆 우리의 공작새가 탄성을 올렸다.

"마음껏 날아다닐 수 있었던 너희들은 반성해야 돼. 여기까지 한 번 올라올 생각은 안 하고 기껏 나무 위나 날며 살았지 않았느냐 말이야."

타조가 껑충한 다리로 일어나며 비꼬았다.

"맞아. 우리는 너무 시시하게 살았어. 옛적 우리 조상 가운데 한 분은 끝없이 날아서 마침내 하늘 안쪽의 별이 되었다는 전설도 있는데."

구석에 있는 우리에서 독수리가 그 큰 눈을 껌벅거리며 대꾸했다.

"지나간 일을 탓하면 뭣 해……."

내내 창밖만 내다보고 있던 앵무새가 중얼거리다 말고 입을 다물었다.

그 말은 다른 새가 아닌 바로 자기에게 들려줘야 할 말이라고 여겨졌기 때문이었다.

"높이 날아서 멀리 내다보지 않은 것은 순전히 내 탓이 아닌가. 나무에서 풀밭으로, 땅에서 바위로 날면서 그저 과실이나 쪼아먹고 곡식 몇 알에 만족해서 살았던 나날. 그리하여 마침내 그 하잘것없는 사탕수수 덫을 놓은 사람들한테 잡히고 말았으니……."

앵무새는 결심했다.

"이젠 달라져야 한다. 지난날을 후회하고 한숨만 쉬고 있을 지금이 아니다. 이제부터는 지난날처럼 헛보고,

헛살지 말고 바로 보고 바로 살아야겠다. 삶은 양이 아
니라 질이라는 것을 잊어버리지 말자."

비행기가 서서히 구름 밑으로 내려앉기 시작하였다.

땅의 푸른 산과 강이 가까워지면서 여기저기서 "어이
쿠" "어이쿠우" 하는 비명소리가 터져 나왔다.

들 가운데 서 있는 깃대가 달려오다가는 우뚝 멈추어섰
다. 그리고 한참 시간이 흘렀다. 앵무새가 정신이 들었을
때는 창을 넘어온 햇살이 발목에서 비껴 가고 있었다.

노을 질 무렵에 비행기의 창고문이 열렸다. 상자가 화
물 트럭으로 옮겨지는데 참새 떼가 지나갔다.

어미 참새와 아기 참새가 나누는 소리를 앵무새는 들었다.

"엄마, 저들은 누구야?"

"동물원으로 들어가는 외국 새란다."

"엄마, 우리도 저 새들처럼 이상하게 생겼으면 동물원에
가서 편안히 먹고 살 텐데. 그지, 엄마?"

"철없는 녀석아! 쪽박을 차고 얻어먹고 살아도 자유천
지 생활이 최고란다."

이튿날부터 앵무새는 동물원의 새장 속에서 지내게 되

었다. 사육사가 넣어 주는 모이를 먹으면서. 수많은 구경 꾼들을 구경하면서.

고향에 비하면 서늘한 날씨가 불만이었지만 추운 지방에서 잡혀온 새들이 조금만 더워도 숨을 가쁘게 쉬는 것을 보고 앵무새는 참았다.

그러나 앵무새가 스스로 결정하지 않으면 안될 고민거리가 이내 나타났다. 그것은 구경꾼들한테 붙어서 살아갈 것이냐, 아니면 구경꾼들을 무시하고 살아갈 것이냐 하는 문제였다.

어느 날 이곳에 먼저 와서 살고 있던 선배가 새로 들어온 앵무새들을 모아 놓고 말했다.

"너희들을 진정으로 환영한다. 그러나 한 가지 먼저 마음에 새겨 둘 것이 있다. 그것은 이제부터 너희들 중에 누구도 이 동물원을 벗어날 수 없다는 사실이다. 우리가 자랐던 고향은 지구 저편에 까마득히 멀다. 일찍이 누구도 이곳을 탈출해 아프리카로 돌아간 새는 없다."

이때 앵무새가 선배의 말 사이에 끼여들었다.

"우리들의 고향 아프리카보다도 더 먼 별나라로 날아간

조상도 있던데요?"

"누가 그러던?"

"부엉이 아저씨가 같이 타고 온 비행기 속에서 그렇게
말했어요."

"그것은 다만 전설일 뿐이야. 그러니까 현대식으로 말하
면 유언비어라는 것이지. 그런 붕 뜨는 말을 곧이곧대
로 들어서는 위험해져. 문제의 새가 될 수 있으니까. 아
무튼 우리는 여기서 편히 살아가야 돼. 사육사의 말을
잘 듣는다면 맞아서 죽는 일은 없을 거야. 하지만 사육
사가 우리한테 가져다 주는 양식은 아주 굶어 죽지 않
을 만큼이야. 그런데 어떻게 나는 이렇게 살이 쪘느냐,
그 삶의 비결은 간단해. 하느님께서 우리한테 특별히
주신 기가 막힌 재주가 있지 않느냔 말이야. 사람들의
말을 금방 옮길 수 있는 재주. 이것으로 구경꾼들의 귀
여움을 받아서 과자 부스러기를 받아먹고 배불리 살 수
있다는 말씀이지."

"틀렸어요."

앵무새가 버럭 소리를 질러서 선배의 말을 막았다.

"그렇게 사람들의 소리를 옮기는 것은 흉내일 뿐이에요. 의미가 담긴 말을 하면서 얻는다면 모르지만 그렇게 흉내낸 소리로 빌어먹는다는 것은 비굴한 것이에요."

이번에는 친구들을 둘러보며 앵무새가 말했다.

"갇혀서 살수록 당당해져야 돼. 땀 흘려서 노력하지 않고 거저 먹으려는 못된 유혹에 넘어가서 이렇게 잡혀온 신세가 되었잖아. 이제부턴 배가 고프고 고단하더라도 먹을 값어치 한 대로만 먹고 사는 거야. 비굴하게 아부해서 살찌고 사느니보다는 적게 먹더라도 진실되게 떳떳이 사는 삶이 더 소중한 것 아니겠어?"

"그래 우리는 비겁하게 살지 말자!"

"아프리카의 앵무새답게 우리의 순수를 지키며 살자!"

뜨거운 열기가 새장을 가득 채웠다. 선배가 씩 웃으며 자리를 떴다.

"좋다. 너희들이 얼마나 버티는지 두고 보겠다. 나도 처음엔 지금의 너희들 결심 못지않았거든."

날이 밝았다. 날이 저물었다. 다시 해가 떴다. 느티나무의 그림자가 해를 따라 옮겨 다니다가 달을 따라 옮겨다

넜다. 가을이 그 속으로 왔다가 돌아갔고, 겨울이 또 그렇게 왔다가 물러갔다.

앵무새의 친구들이 하나 둘씩 변하기 시작했다. 오래된 흙벽에 금이 가듯 그렇게 사이가 벌어져 갔다.

처음에는 "안녕하세요."를 구경꾼들이 세 번 네 번 해야 간신히 그것도 마지못해서 하는 둥 하더니 이제는 서로 다투어서 저쪽이 시키지 않는데도 사람 소리를 내곤했다.

어떤 친구는 한술 더 떠서 "야, 바보야." 하고 웃기는 말을 옮겨서 얻어먹는가 하면 또 다른 친구는 "좀 줘." 하고 비굴한 소리까지 배워서 써먹었다.

오직 그만이 버티었다. 그만이 말과 먹이를 혼동하지 않았고 노래를 유희용으로 쓰지 않았다.

새벽이면 꼭꼭 고향 본래의 앵무새 말을 잊지 않기 위해 목청껏 노래를 불렀다.

마음 씨앗을 뿌려서

키워 낸 말나무에는

하늘이 열리고

거짓 씨앗을 뿌려서
키워 낸 소리나무에는
지옥이 열리고

달이 가고 해가 바뀜에 따라 그의 몸은 점점 야위어갔
다. 사육사의 눈밖에도 났다. 친구들로부터 따돌림을 받
았다. 그는 늘 혼자였다.

마침내 살이 비어 버린 몸에 먼 하늘의 별빛이 소롯소
롯이 재이는 밤이었다. 앵무새는 횃대 위에 앉아서 가물
가물 물결처럼 밀려가고 밀려오는 달빛을 느끼고 있었다.
골 얕은 곳으로 휴지를 몰아가는 바람 소리가 들리다가
그치었다.

앵무새는 낮에 우리 앞을 지나던 늙은 교수와 젊은 학
생의 대화를 떠올렸다.

"철학자 디오게네스가 꽁보리밥을 먹고 있는데 마침 그의
친구 아리스티포스가 지나가다가 이것을 보았다는군."

"아리스티포스는 왕한테 아첨을 해서 벼슬을 한 철인 아
닙니까?"

"맞아. 그 아리스티포스가 디오게네스에게 이렇게 말했다네. '왕에게 고분고분할 줄 알면 그따위 형편없는 꽁보리밥은 먹지 않게 될 텐데.' 그러자 디오게네스가 이렇게 대꾸했다더군. '이런 꽁보리밥을 먹고 살 줄 알면 왕에게 아첨 떨지 않아도 되련만.' 하고 말이야."

앵무새의 두 눈에 달빛보다도 맑은 눈물이 솟았다.

그때였다.

앵무새의 눈물 방울이 아래의 바위를 스치자 뜻밖에도 바위 속으로부터 말이 흘러 나왔다.

"앵무새야 울지 마라. 언제나 우리는 다시 부활할 것이다."

앵무새는 소리나는 곳으로 고개를 돌렸다.

그 바위는 산의 맥을 이루고 있다가 동물원의 공사중에 흙 위로 비어져 나온 지층의 자락이었다.

"그 바위 속에 누가 있어요?"

앵무새가 물었다.

"내가 있다."

"내라니 누구신데요?"

"시조새지. 나는 이 돌 속에서 네가 온 날로부터 계속 너의 하루하루를 지켜보고 있었다."

"정말이어요?"

"그럼. 나도 너처럼 마음을 지키고 살았었으니까. 바르지 않은 곳으로 날개가 날아가면 깃을 뽑아 버렸고 헛소리를 내면 혀를 끊었었다. 그리하여 마침내 진실에 의하여 내 몸이 타올랐을 때 하느님은 나에게 여기 이돌 속에다가 억만 년의 터를 잡아 주셨단다. 앵무새야, 양심을 지키며 본래의 노래를 잊지 않으며 산 너의 양심을 후일에 내가 증언하겠다. 그리하여 이 세상을 진실의 햇불이 밝히는 날, 우리 함께 부활하여 저 푸른 하늘을 훨훨 날자꾸나."

"감사합니다. 시조새님."

앵무새는 빨갛게 달아오르는 가슴 위에 고개를 묻고 조용히 눈을 감았다. 산너머 절에서 저녁 종소리가 저렁저렁 울려오고 있었다.

오세암, 창비, 1985년 9월
작품 발표 _1985년 6월

첫눈 오시는 날

은지 아빠는 도시의 청소부입니다.

빌딩 그늘에서, 아스팔트 가장자리에서 도시의 가로수처럼 없는 듯이 서서 일을 합니다.

비 오는 날에나 바람 부는 날에나 한결같이 길을 쓸고 쓰레기를 치웁니다. 주정뱅이 아저씨들이 함부로 토해버린 오물까지도.

간혹 아빠는 엄마한테 땀 닦는 수건 말고 옥양목 수건을 하나 더 달라고 해서 나가는 날도 있습니다. 도시의 한가운데 서 있는 장군님의 동상을 닦기 위해서입니다.

여름날 파란 하늘에 떠가는 흰구름 조각 같은 새하얀 옥양목 수건으로 장군님의 무릎이나 발등을 씻고 온 날이면 아빠는 은지한테 장군님 이야기를 한 가지씩 들려주었습니다.

새까맣게 몰려오는 왜적을 쫓아버린 여러 가지 지혜 하며 달 밝은 밤에 홀로 앉아서 나라를 걱정하며 지었다는 시 하며.

그렇게 훌륭하신 장군님의 동상을 아빠가 닦는다는 게 은지는 퍽이나 자랑스러웠습니다.

으쓱 올라가는 은지의 어깨를 끌어안으며 아빠는 조용히 말씀하시곤 하였습니다.

"우리 시가 이만큼 별 탈 없이 발전해 가는 것은 장군님이 시의 한가운데 서서 굽어보시며 보살펴 주시기 때문이지."

그런데 요즈음 들어서 아빠의 얼굴에는 걱정의 빛이 가득하였습니다.

아빠가 일하는 거리에서 크고 작은 사건들이 너무 자주 일어난다는 것이었습니다. 교통사고와 강도, 화재와 데모가…….

"아무래도 장군님의 눈, 귀가 어두워지셨는가 봐. 얼굴
을 한번 깨끗이 씻어 드려서 정신이 번쩍 나게 해드렸
으면 좋겠는데, 키가 닿아야 말이지."

아빠는 푸욱 한숨을 쉬었습니다.

"긴 작대기에다 수건을 달아매서 닦으면 안 되나요?"

엄마가 아빠의 작업복에 단추를 달다 말고 말했습니다.

"그러다가 장군님의 콧구멍이라도 찌르면 어쩌려구."

"그렇다면 작대기 끝을 솜으로 싸서 하면 되잖아요."

"그래도 안돼. 눈을 다칠 수도 있는걸."

아빠는 고개를 설레설레 흔들었습니다.

"아빠, 내가 아빠의 어깨 위에 무등을 타도 안 닿나요?"

아빠의 어깨를 두 주먹으로 토닥토닥 두들기고 있던 은
지가 물었습니다.

"안 닿지. 장군님의 키는 우리들 세 배나 되거든."

"아빠가 장군님의 무릎 위로 올라가요. 그 위에서 내가
무등을 타도 안 닿나요?"

"참, 그렇구나. 장군님의 받침대 위로 올라가면 되겠다.

그런데 날씨가 워낙 추워서 말이야."

"날씨가 추우면 장군님은 그 자리에 안 서 계시나요?"

"아니지. 장군님은 천둥이 치나 눈보라가 치나 눈썹 하
나 움직이지 않는 걸."

"그럼 나도 장군님처럼 추워하지 않으면 되잖아요. 아
빠."

"그래, 그래. 우리 은지가 제법이네. 은지야, 내일 아침
에 나랑 함께 가자."

"아이 신난다."

은지는 그날 밤에 세수를 두 번이나 하였습니다. 이도
윗니 아랫니 싹싹 닦고 코도 '흥흥' 세게 풀었습니다.

머리를 빗고 나비 모양의 리본을 달았습니다.

거울 앞에 서서 '장군님, 안녕하세요?' 하고 인사 연습
도 하였습니다.

잠자리에 들었으나 한참 동안은 가슴이 콩콩 뛰어서 잠
이 오지 않았습니다.

이튿날 아침, 은지가 눈을 떠보니 아빠는 벌써 일어나
양말을 신고 있었습니다.

은지는 벌떡 일어나 옥양목 수건부터 챙겼습니다. 서둘러 얼굴을 씻고 아빠 뒤를 따라 나섰습니다. 찬바람만이 깨어서 빈 가로수 가지를 흔들고 있을 뿐, 도시는 아직도 단잠에 빠져 있었습니다.

장군님의 동상이 있는 도시의 한가운데에 도착했을 무렵에야 이른 새벽 바닷가의 게들처럼 자동차들이 하나 둘 나타났습니다.

아빠는 은지를 안아서 장군님의 받침대 위로 올려 주었습니다.

"아빠, 이거."

은지가 신을 벗어서 내려보냈습니다.

"발이 시리니까 그냥 신고 있으려무나."

"안돼요. 장군님의 옷자락에 흙을 묻히면 장군님이 싫어 하셔요."

아빠도 신을 벗고 장군님의 받침대 위로 올라왔습니다.

"아빠, 그럼 올라갈게."

은지는 아빠의 등을 타고 어깨 위로 올라갔습니다.

바로 코앞에서 본 장군님의 표정은 은지가 생각했던 것

보다도 훨씬 무서웠습니다.

왕방울만한 눈, 꾹 다문 입.

"장군님, 안녕하세요?"

은지는 방긋 웃으며 인사하였습니다.

그리고는 먼저 옥양목 수건으로 장군님의 눈을 닦았습니다.

호호, 입김을 불어가며 다음으로는 양쪽 뺨을 문질렀습니다. 코 밑도 훔치고 입 언저리도 잘 닦았습니다.

투구를 문지르고 나서는 귀를 후볐습니다.

아, 은지는 장군님의 귀에 쑤셔 넣은 손가락을 빼내다 말고 소리질렀습니다.

"아빠, 장군님 귀에서 귓밥이 나왔어요!"

"뭐라고? 장군님 귀에서 귓밥이 나왔다구?"

아빠도 깜짝 놀라워했습니다.

급히 은지를 끌어내렸습니다.

그러나 은지가 아래 내려와서 펴 보이는 검지손가락 끝에는 아무것도 없었습니다.

"으응……. 이상하네? 금방 있었는데……."

두 손바닥을 활짝 펴들고 두리번거리던 은지가 다시 아빠를 불렀습니다.

"아빠! 아빠, 여기 봐요!"

은지의 꼬막 껍질 같은 작은 손바닥 위에 불티처럼 사뿐히 내려앉는 것이 있었습니다.

그것은 가장 여린 모양의 하얀 눈송이였습니다.

"아빠, 장군님의 귓밥이 이렇게 나와버렸어요. 이제부턴 장군님이 산동네에 사는 우리들의 소원도 들을 수 있겠죠?"

"그럼, 듣고말고. 앞으로는 우리 시에도 좋은 일이 좀 생기겠다."

눈발이 굵어지는 거리를 은지와 아빠는 나란히 손을 잡고 걸어갔습니다.

눈 속으로 사라지는 두 사람의 뒷모습을 보며 장군님은 처음으로 입술에 웃음을 띄웠습니다.

물에서 나온 새, 샘터, 1983년 7월

하늘 뒤안

영주는 파란 하늘을 우러러보기를 좋아합니다. 끝이 없이 넓은 하늘. 끝이 없이 높기만 한 하늘. 언제나 봐도 파랗기만 한 하늘.

하늘의 식구들은 또 얼마나 신기한 이들인지요?

해님도, 달님도, 별님들도, 흰구름도 있고 무지개도 있고, 때로 비구름이 몰래 드는 날은 천둥 번개가 나타나기도 하지만 그러나 이들은 이내 물러나니까 크게 걱정할 일이 못 되지요.

오히려 그 심술 사나운 번개가 찢으려 들고, 천둥이 깨

뜨리려 해도 날이 개고 나면 손톱 생채기 같은 빗금 하나
도 없어 영주를 놀라게 하는 하늘입니다.

영주는 언젠가 우연히 두 다리 사이로 하늘을 보고서
감탄한 적이 있습니다. 다리 사이로 본 하늘은 엉덩이 아
래로 내려와 있는 듯하여 영주를 기쁘게 하였습니다. 손
을 뻗으면 만져질 것 같아서 손을 내밀었다가 고꾸라지고
말았지만.

그 무렵 영주의 소원은 하늘에 벌렁 누워 보는 것이었
습니다. 그런데 하늘은 영주의 머리 위에서 발 밑으로 좀
체 내려오지 않았습니다.

영주는 하늘한테 불평하였습니다.

"너는 어쩌면 그렇니? 내가 이렇게 간절히 소원하는데
한 번쯤 내려와 보면 어디가 덧나니?"

"흙 묻힐까 봐 못 내려 오는 거니? 에고 불쌍해라. 훌훌
털면 되는 거야. 바보야. 그런데 빨래는 안 되겠다. 너
그 넓고 한정 없이 깊은 자락을 어디다 넣고 빨아야 하
니?"

"너 그러면 내가 안 볼 거야. 안 봐도 좋아? 좋아. 너도

내가 안 보면 보고 싶을 때가 있을 거다. 그때 가서 영주야, 한 번만 봐 줘, 그런 부탁 하기만 해봐라."

그러나 하늘은 마냥 푸르기만 하였습니다. 이래도 파랗고, 저래도 파랗고, 그런 하늘을 미워할 수 없어서 영주도 끝내는 풀썩 웃고 말았습니다. 아니, 그런 하늘이 좋아서 두 팔을 벌리고 내달은 적이 한두 번이 아니었습니다.

그런데 요즈음 들어 영주의 소원이 바뀌었습니다. 그것은 저 하늘의 뒤안을 한번 보고 싶은 것입니다.

낮이면 엄마의 파아란 치마 같은 휘장을 두르고 있고, 밤이면 아빠의 까만 양복 같은 천을 두르고 있는 하늘, 아니, 때로는 고모의 블라우스 같기도 합니다.

영주는 그 하늘 겉옷을 살며시 들춰 보고 싶습니다. 그러면 엄마처럼 하늘의 젖가슴이 살짝 보일지도 모릅니다. 아니면 아빠처럼 하늘의 겨드랑이 털이 슬쩍 비칠지도 모르고요.

영주는 물었습니다.

"엄마, 하늘의 젖가슴도 엄마처럼 하얘요?"

"아빠, 하늘의 겨드랑이 털도 아빠 것처럼 까매요?"

엄마 아빠는 쿡쿡쿡 쿠욱 쿡 웃었습니다. 그러다 입을 꾹 다물고서 한참 있다가 주의를 주었습니다.

"하늘에 대고 그런 버르장머리 없는 말 하는 거 아니다."

"넌 왜 그런 엉뚱한 말만 하니?"

그렇다고 가만히 있을 영주가 아니지요.

"하늘 뒤안을 보고 싶다니까요, 아빠."

"하늘 뒤안으로 가는 길을 가르쳐 줘요, 엄마."

아빠 엄마는 한숨을 포옥 땅이 꺼지게 쉽니다. 그러곤 이렇게 말합니다.

"영주야, 그런 건 묻지 말고 1, 2, 3, 4나 부지런히 써보 아라."

"나중에 학교에 가서 과학을 배우면 알게 된다."

오늘, 영주네 집이 있는 골목에 목마를 태워 주시는 할 아버지가 찾아왔습니다.

"자, 목마를 타고 싶은 어린이는 오세요. 거저 태워 드립 니다. 소원이 있는 어린이도 오세요. 소원도 들어 드립 니다."

영주와 함께 놀던 박하가 먼저 달려나갔습니다. 민이도 따랐습니다. 영주도 뒤쫓아갔습니다.

목마를 끄는 할아버지는 둥둥 북을 울리며 아이들을 맞아 주었습니다. 번쩍번쩍 들어서 목마를 태워 주었습니다.

영주는 돌담 밑에서 아이들이 돌아가기를 기다렸지요.

마침내 하늘에 노을이 스러지자 늦게까지 남은 박하도 민이도 엄마한테 손목이 잡혀 집으로 돌아갔습니다.

영주는 그제야 목마 할아버지 곁으로 다가갔습니다. 그러고는 아무도 없는데 목마라도 들을까 봐 살며시 할아버지의 귀에 입을 대고 말하였습니다.

"할아버지, 제 소원이 하나 있어요. 들어 주세요. 그것은요, 하늘 뒤안을 가보고 싶은 것이에요."

목마 할아버지는 한참 동안 눈을 감고 생각에 잠겼습니다. 하늘에 별이 반짝 눈을 뜨자 할아버지도 반짝 눈을 떴습니다.

"자, 이렇게 해보아라."

"어떻게요, 할아버지?"

"하늘에서 땅으로 다리가 놓일 때가 있거든."

"아, 무지개 말이군요. 그런데 할아버지, 무지개는 금방
금방 사라지는걸요."

목마 할아버지는 입가에 빙그레 미소를 띠고 말하였습
니다.

"그러니까 그 무지개 말고 네 무지개를 놓아야지. 하늘
에는 네 무지개를 타야만 갈 수 있는 거란다."

"그럼 할아버지, 어떻게 내 무지개를 가질 수 있지요?"

목마 할아버지는 호주머니 속을 뒤졌습니다. 이내 할아
버지는 호주머니 속에서 일곱 가지 색깔의 크레용을 꺼내
어 영주한테 주었습니다.

그날 밤 영주는 목마 할아버지가 주신 크레용으로 영주
네 뒷동산에서 파란 하늘까지 무지개 다리를 놓았습니다.
빨강, 주황, 노랑, 초록, 파랑, 남, 그리고 보라가 사이좋게
엎드린 다리였습니다.

영주는 무지개 다리를 밟고 하늘로 올라갔습니다. 겨드
랑이에 날개가 달린 듯 온몸이 가볍고 발 밑에 날틀이 달
린 듯 둥둥 떠가는 길이었습니다.

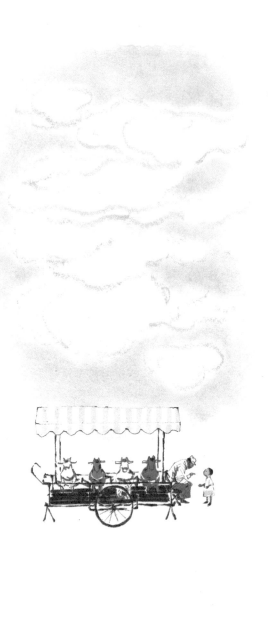

마침내 영주는 파아란 하늘에 닿았습니다. 하늘 뒤안을 들쳐 보려는 영주의 가슴은 그렇게 쿵쿵 뛸 수가 없었습니다. 손도 부들부들 마구 떨렸습니다.

영주는 눈을 꼭 감고 얼른 하늘 자락을 들쳤습니다. 눈을 뜬 영주는 깜짝 놀랐습니다. 영주가 그렇게 보고 싶어 했던 하늘 뒤안 풍경, 그것은 다름 아닌 영주가 어질러 놓은 영주네 마루 정경 그대로였으니까요.

영주가 보다가 펼쳐 놓은 그림책이 저만큼에 있고, 크레용이 흩어진 채로 있고, 과자 빈 봉지와 휴지가 구르고 있고, 아무렇게나 벗어 던진 영주의 양말이 있고…….

목마 할아버지가 곁에서 말하였습니다.

"하늘 뒤안은 다른 데가 아니란다. 영주의 마음뜰이지. 영주가 마음뜰을 어떻게 하고 있느냐에 따라서 깨끗할 수도 있고 지저분할 수도 있는 거란다."

친구와 함께면 만 리도 간다

멀리 강이 내려다보이는 산마루에 엄마의 젖가슴처럼 생긴 커다란 바위가 있었어요.

그리고 그 바위에 의지해서 양산처럼 가지를 둥글게 잘 편 소나무가 살고 있었지요.

젖가슴바위네 식구가 그것뿐이냐고요?

아니지요. 소나무 바로 곁에, 그러니까 바위틈에 백리향 나무가 살고 있어요.

가만, 또 한 식구가 있어요.

바위 밑에 간신히 뿌리를 내리고 나온 칡 나무예요.

칡 나무 넝쿨은 바위를 기어 올라와 소나무 가지를 걸어 잡고서 먼 강을 바라보며 자라고 있었지요.

여름이 되었어요.

산새들이 소나무 그늘에 와서 술래잡기를 하며 노는 어느 날이었어요.

칡넝쿨의 칡 잎새에서 글쎄 자주색 칡꽃이 활짝 피어나지 뭐예요!

산새들은 "와아!" 환호했어요.

"칡꽃 향기 정말 향기롭다 그지?"

"정말이야. 너무너무 향기로워."

이때 백리향 나무는 코웃음을 치고 있었어요.

'칡꽃 향기가 그렇게 향기롭다면 내 꽃향기에는 기절을 하겠구나.'

소나기가 살짝 지나가고 구름 깃이 산등성이를 비껴간 다음이었어요.

숨바꼭질을 하다가 백리향 나무 사이로 숨으러 왔던 산새가 눈을 휘둥그레 떴어요.

"무슨 향기가 이렇게 진하지?"

꼬마 산새가 호들갑을 떨었어요.

"와아, 코가 후끈거려 죽겠네."

"아니, 백리향이 홍자색의 꽃을 피웠잖아."

백리향 나무는 으스대었습니다.

"내 이름이 무언지 알아? 백리향이야. 향기가 백 리까지
간다고 해서 붙여진 이름이라구."

그러자 산새들은 갖은 아양을 다 떨었습니다.

"맞아, 향기가 이렇게 진하니 바람만 잘 불면 백 리까지
갈 만도 해."

"정말 이 세상에서 향기라면 백리향이 최고다."

잠자코 있던 칡넝쿨이 한마디 하였습니다.

"우리 칡꽃 향기는 천 리 밖에까지 퍼져 있는걸."

백리향 나무가 발끈하였습니다.

"순 거짓말. 너희 같은 시시한 향기가 어떻게 천 리 밖까
지 갈 수 있다는 말이니?"

그러나 칡넝쿨은 지지 않았습니다.

"아니야. 정말이야. 우리 칡꽃 향기는 천 리, 만 리 밖에
까지 퍼져 있어."

이때까지 바람 속에 손이나 흔들고 있던 소나무가 처음으로 입을 열었습니다.

"길고 짧은 것은 대보면 알지 않겠느냐?"

"어떻게요, 소나무님?"

"산새 너희가 백 리, 천 리까지 날아가서 향기가 정말 거기까지 와 있는지 확인해 보면 될 것 아니냐?"

백리향 나무도 칡 나무도 좋다고 하였습니다. 산새들도 심사를 나가기로 하였습니다.

마침 바람이 불어오자 백리향 나무는 힘껏 꽃향기를 내뿜었습니다. 그러나 칡 나무는 있는 그대로의 향기만을 바람에 실었습니다.

심사를 맡은 산새는 백리향 나무와 칡 나무가 친한 한 마리씩과 소나무가 지명한 한 마리, 이렇게 세 마리로 짰습니다. 심사를 맡은 산새 세 마리는 훨훨 날아갔습니다.

십 리쯤 가니 암자가 나타났습니다. 그곳 뒷마당을 날고 있는 호랑나비한테 물어보았습니다.

"백리향 꽃향기가 여기까지 왔었니?"

"응. 왔었어."

"칡꽃 향기는?"

"칡꽃 향기도 나던걸."

산새 세 마리는 더 멀리 훨훨훨 날아갔습니다.

오십 리쯤 가니 산동네가 나타났습니다. 작약꽃밭 위를 날고 있는 표범나비한테 물어보았습니다.

"백리향 꽃향기 맡아 보았니?"

"응, 약간."

"칡꽃 향기는?"

"칡꽃 향기는 온전하던데."

산새 세 마리는 산등성을 넘었습니다. 훨훨훨훨 날아 백 리 밖쯤 가니 푸른 강가가 나왔습니다.

산새 세 마리는 미나리꽝 위를 날고 있는 제비나비를 붙들고 물어보았습니다.

"여기에 백리향 꽃향기 왔었니?"

"아니."

"칡꽃 향기는?"

"칡꽃 향기는 있어."

산새 세 마리는 산봉우리를 넘고 또 넘어 바닷가 마을

까지 날아갔습니다. 아마도 젖가슴바위로부터 천 리 밖쯤 되는 거리라고 생각하였습니다.

산새 세 마리는 장다리밭 위를 날고 있는 배추흰나비한테 물어보았습니다.

"백리향 꽃향기 여기 왔었니?"

"그런 꽃향기가 있어? 이름도 처음 들어 보는걸."

"칡꽃 향기는?"

"칡꽃 향기야 지금도 나고 있는걸."

산새 세 마리는 산봉우리를 넘고 또 넘어 젖가슴바위가 있는 산으로 돌아왔습니다.

"백 리 밖에서부터는 백리향 향기는 없고 칡 향기만 있었어."

백리향 나무는 물론 다른 산새들이 모두 놀랐습니다.

"어떻게 그럴 수가 있지? 백리향 향기가 칡꽃 향기보다 멀리까지 못 가다니……."

잠자코 듣고만 있던 소나무가 마침내 입을 열었습니다.

"그 이유는 다른 데 있는 게 아니야. 백리향 나무는 저 혼자서만 향기를 보내는 것이고 칡꽃 향기는 많은 친구들

이 도와주기 때문이지. 백 리나 천 리나 저 혼자 잘난 것
보다는 여러 곳에 여러 친구가 있어서 꽃을 피워 도와
주는 것이 잘 사는 삶인 거야."

엄마 품으로 돌아간 동심, 샘터사, 2002년 1월

잠 못 이루는 벗에게

이 세상살이가 팍팍하게 느껴질 때가 더러 있었습니다. 혼자서 입술을 물고 참아낼 때도 있었습니다만 당신 나이 스무 살에 돌아가신 어머니 산소 앞에 가서 마흔이 넘은 나이로 울고 온 적도 있었습니다.

배신을 당하고 "죽어버리고 싶다."고 중얼거린 때도 있었습니다. "이래도 용서합니까?" 하고 신께 감히 대들고 싶었던 때도 있었습니다. "어떻게 하지?" 하고 터질 것 같은 가슴을 안고 방황한 때도 있었습니다.

그럼에도 불구하고 눈물을 닦고 일어났었습니다. 그럼

에도 불구하고 마음을 돌리고 찬물을 마셨었습니다. 그럼에도 불구하고 그럴 수도 있겠다고 이해하려 했습니다. 그럼에도 불구하고 하늘을 우러르며 돌아왔었습니다.

그런 날이면 저도 으레 잠이 오지 않았습니다. 자꾸 몸을 뒤채다가 빗방울 한 낱, 실바람 한 줄기에도 벌떡벌떡 일어나게 되지요. 그럴 때 저는 가슴속의 유년통장에서 아름다운 시절을 조금 인출하곤 하였습니다.

고향 산 아래에 작은 못(池)이 있었지요. 그리고 그 못가에는 큰 벚나무가 두 그루 있었습니다. 벚나무의 벚꽃이 활짝 핀 사월의 못을 한번 떠올려 보십시오. 못 안에 푸른 청보리밭 자락이 비춰들고 있고 거기에 벚꽃 그늘 드리워진 환한 그 세상을.

저한테 그 풍경이 떠오르면 아득한 바다에 목선 떠오는 것 같은 평화가 왔습니다. 그러나 그것으로 부족할 때는 또 한 풍경을 인출합니다.

두루미를 쫓아 겅중겅중 걷던 논두렁길에서였지요. 훌쩍 날아버리면 될 것을 어린 나한테 제 걸음걸이 연습을 시키려고 그랬던지 꼭 그만한 간격을 두고 겅중겅중 걸어

가던 두루미. 그 두루미가 문득 멈춰 서서 목을 빼어 보던 재 너머. 거기에는 무지개가 떠 있었지요.

무지개를 두루미와 함께 바라보던 날의 생각이 나의 수면제가 되어주기도 합니다만 어떤 날에든 피천득 선생님의 시 '꽃씨와 도둑'을 수면제로 삼기도 합니다.

마당에는 꽃이
많이 피었구나

방에는
책들만 있구나

가을에 와서
꽃씨나 가져 가야지

정말 꽃잠이 올 것 같지 않습니까. 저는 잠 못 이루는 그대에게 권합니다. 근심 걱정 없던 시절의 아름다운 감동이 배인 날을 떠올려 보라고. 그것은 틀림없이 위안을 줄 것이며 안식의 손길이 될 것입니다.

  그리고 혹 생각이 미치신다면 이 책의 동화들을 부족하나마 평화정제로 써주셨으면 합니다. 그래도 살아볼 만한 가치 있는 세상이라는 것과 행복 예감을 주고자 하여 이 작품집을 묶어 내게 되었으니까요. 정말이지 그대에게 날마다가 좋은 날이기를 간절히 바랍니다.

1993년 12월

정채봉

정 채 봉

1946년 전남 순천 바닷가 마을에서 태어났습니다. 수평선 위를 나는 새, 바다, 학교, 나무, 꽃 등 작품 속에 많이 등장하는 배경이 바로 그의 고향입니다.

어머니가 스무 살 꽃다운 나이로 세상을 버린 후, 아버지 또한 일본으로 이주하여 거의 소식을 끊다시피 해서 할머니의 보살핌 속에 유년 시절을 보냈습니다.

어린 시절 정채봉은 내성적이고 심약한 성격으로 학교나 동네에서도 맘에 맞는 한두 명의 친구가 있었을 뿐 또래 집단에 끼이지 못하고 혼자 우두커니 앉아 바다를 바라보는 시간이 많았다고 합니다. 어린 정채봉은 그렇게 상상의 나래를 펼쳐 나무와 풀, 새, 바다와 이야기하고 스스로 전설의 주

인공이 되어 보기도 하는 '생각이 많은 아이'였습니다. 이른
바 결손 가정에서 성장한 소년의 외로움은 오히려 그를 동
심, 꿈, 행복을 노래하는 동화작가로 만들었던 것입니다.

　고등학교에 들어간 정채봉은 온실의 연탄 난로를 꺼트려
관상식물이 얼어 죽게 만드는 사고를 치고 이내 학교 도서실
의 당번 일을 맡게 되는데 이것이 그를 창작의 길로 인도하
게 됩니다.

　성장기 할머니 손을 잡고 '선암사'에 다닌 후로 줄곧 정채
봉의 정서적인 바탕은 불교적인 것이었으나, 1980년 광주
항쟁 이후로 가톨릭에 귀의하여 가톨릭 신앙은 불교와 함께
정채봉의 작품에 정신적인 배경이 되었습니다.

　동화작가, 방송 프로그램 진행자, 동국대 국문과 겸임교
수로 열정적인 활동을 하던 정채봉은 1998년 말에 간암이
발병했습니다. 투병 중에도 손에서 글을 놓지 않았으며 삶에
대한 의지, 자기 성찰을 담은 에세이집『눈을 감고 보는 길』
과 환경 문제를 다룬 장편동화『푸른 수평선은 왜 멀어지는
가』, 첫 시집『너를 생각하는 것이 나의 일생이었지』를 펴내

며 마지막 문학혼을 불살랐습니다.

평생 소년의 마음을 잃지 않고 맑게 살았던 정채봉은 사람과 사물을 응시하는 따뜻한 시선과 생명을 대하는 겸손함을 글로 남긴 채 2001년 1월, 동화처럼 눈 내리는 날 짧은 생을 마감했습니다.

1946	전남 순천에서 출생
1971	동국대학교 국문과 입학
1973	동화 '꽃다발'로 동아일보 신춘문예 동화부문 당선
1975	동국대학교 국어국문과 졸업
1978	월간 '샘터' 편집부 기자
1982	샘터사 기획실장
1983	대한민국문학상(동화부문) 수상 『물에서 나온 새』
1984	한국잡지 언론상(편집부문) 수상 월간 '샘터'
1985~1986	샘터사 출판부장
1986	제14회 새싹문학상 수상 『오세암』
1986~1995	샘터사 편집부장
1988	초등학교 교과서 집필위원
1988~2001	동화사숙 문학아카데미에서 후학 양성
1989	불교아동문학상 수상 『꽃 그늘 환한 물』
1991	동국문학상 수상 『생각하는 동화』
1990~1997	평화방송 시청자위원
1991~1997	동아일보 신춘문예 심사위원
1990	세종아동문학상 수상 『바람과 풀꽃』
1992~1997	공연윤리위원회 심의위원
1995~2001	계간지 문학아카데미 편집위원
1995~2000	조선일보 신춘문예 심사위원
1995~1996	샘터사 기획실장(이사대우)
1996~2000	샘터사 주간
1998~2001	동국대학교 문예창작과 겸임교수
2000	제33회 소천아동문학상 수상 『푸른 수평선은 왜 멀어지는가』

2000~2001	샘터사 편집이사
2001.1.9	별세
2001	『물에서 나온 새』 독일어판 출판
2002	『오세암(마고21)』 애니메이션 상영
2004	애니메이션 『오세암』 프랑스 안시 국제애니메이션 페스티벌 대상 수상
2005	성장소설 『초승달과 밤배』 영화 상영

정채봉의 작품들

1983	물에서 나온 새 샘터	대한민국문학상(동화)
1985	오세암 창작과비평사	새싹문학상
1987	초승달과 밤배 1,2 까치
1987	멀리 가는 향기 샘터
1988	내 가슴 속 램프 샘터
1989	꽃 그늘 환한 물 문학아카데미	불교아동문학상
1990	바람과 풀꽃 대원사	세종아동문학상
1990	향기 자욱 샘터
1991	나 샘터
1992	이 순간 샘터
1993	돌 구름 솔 바람 샘터
1994	참 맑고 좋은 생각 샘터
1995	나는 너다 샘터
1997	눈동자 속으로 흐르는 강물 문학아카데미
1988	숨쉬는 돌 제삼기획

그림 김동성 • 1970년 부산에서 태어나 홍익대학교 동양화과를 졸업했습니다. 그린 책으로는 동화책 『삼촌과 함께 자전거 여행』 『안내견 탄실이』 『종묘 너구리네』 『북 치는 곰과 이주홍의 동화나라』 『비나리 달이네 집』 등이 있으며, 그림책으로는 『메아리』 『엄마 마중』 등이 있습니다. 『엄마 마중』으로 백상출판문화상을 수상하였고 현재 광고, 카툰, 애니메이션 등 다양한 분야에서 작품 활동을 펼치고 있습니다.
http://kds.psshee.com

정채봉전집 중단편 3
세한 소나무

1판 1쇄 인쇄 2009년 5월 10일 | 1판 1쇄 펴냄 2009년 5월 20일

글쓴이 • 정채봉 | 그린이 • 김동성 | 펴낸이 • 김성구

아동서팀장, 디자인 • 윤희정 | 책임편집 • 조주영, 민마루
제작 • 신태섭 | 마케팅 • 손기주
인쇄 • 중앙 P&L | 제본 • 문원문화사 | 용지 • 월드페이퍼
펴낸곳 • (주)샘터사 | 등록 • 2001년 10월 15일 제1-2923호
주소 • 서울 종로구 동숭동 1-115(110-809)
전화 • (02)763-8963 아동서부 (02)742-4929 영업부 | 팩스 • (02)3672-1873
e-mail • kidsbook@isamtoh.com

ⓒ글 • 김순희, 그림 • 김동성, 2009
ISBN 978-89-464-1639-0 978-89-464-1649-9(세트)

이 도서의 국립중앙도서관 출판시도서목록(CIP)은
e-CIP 홈페이지(http://www.nl.go.kr/cip.php)에서
이용하실 수 있습니다. (CIP제어번호 : CIP2009001415)

그림 김동성 • 1970년 부산에서 태어나 홍익대학교 동양화과를 졸업했습니다. 그린 책으로는 동화책 『삼촌과 함께 자전거 여행』『안내견 탄실이』『종묘 너구리네』『북 치는 곰과 이주홍의 동화나라』『비나리 달이네 집』 등이 있으며, 그림책으로는 『메아리』『엄마 마중』 등이 있습니다. 『엄마 마중』으로 백상출판문화상을 수상하였고 현재 광고, 카툰, 애니메이션 등 다양한 분야에서 작품 활동을 펼치고 있습니다.

http://kds.psshee.com

정채봉전집 중단편 3

세한 소나무

1판 1쇄 인쇄 2009년 5월 10일 | 1판 1쇄 펴냄 2009년 5월 20일

글쓴이 • 정채봉 | 그린이 • 김동성 | 펴낸이 • 김성구

아동서팀장, 디자인 • 윤희정 | 책임편집 • 조주영, 민마루
제작 • 신태섭 | 마케팅 • 손기주
인쇄 • 중앙 P&L | 제본 • 문원문화사 | 용지 • 월드페이퍼
펴낸곳 • (주)샘터사 | 등록 • 2001년 10월 15일 제1-2923호
주소 • 서울 종로구 동숭동 1-115(110-809)
전화 • (02)763-8963 아동서부 (02)742-4929 영업부 | 팩스 • (02)3672-1873
e-mail • kidsbook@isamtoh.com

ⓒ글 • 김순희, 그림 • 김동성, 2009
ISBN 978-89-464-1639-0 978-89-464-1649-9(세트)

이 도서의 국립중앙도서관 출판시도서목록(CIP)은
e-CIP 홈페이지(http://www.nl.go.kr/cip.php)에서
이용하실 수 있습니다. (CIP제어번호 : CIP2009001415)